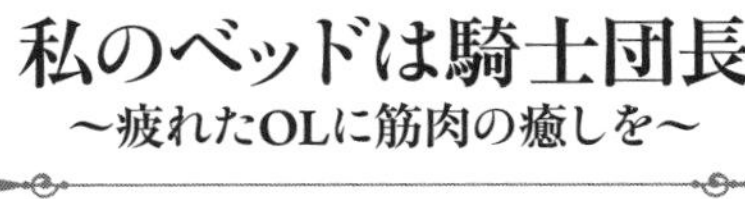

私のベッドは騎士団長
～疲れたOLに筋肉の癒しを～

このはなさくや

KONOHANASAKUYA

ノーチェ文庫

シルヴェスタ
カリネッラ皇国騎士団長。
目つきが鋭く周囲に
恐れられているが、
アリサの心強い味方。
亜里沙（アリサ）
SEとして働く二十六歳のOL。
筋肉をこよなく愛しており、
シルヴェスタの体形が理想。
登場人物
紹介

ホーエンローエ
カリネッラ皇国の宰相。
食えない人物だが、
アリサには優しい。
カンザ
神殿長。女神の遣いである
「黒髪の乙女」に
強い執着心を持っている。
マット
カリネッラ皇国騎士団
副団長。
シルヴェスタの右腕。
イアン
カリネッラ皇国騎士団の
団長補佐。
クールで頼れるタイプ。

目次

私のベッドは騎士団長
～疲れたＯＬに筋肉の癒しを～

第一話　目が覚めたら雄(お)っぱい

目が覚めたら目の前に雄(お)っぱいがあった。

なにを言ってるかわからないと思うけど、私だってよくわからない。

とにかく、今、目の前には素晴らしい雄(お)っぱいがある。うん。それは確かだ。

うっすらと細かい傷痕(あと)が残る日に焼けた肌。その手触りは上質のベルベットのようにしっとりと滑らかで、しかも仄(ほの)かに香る薄荷(はっか)の香り付き。

そんな吸い付くような肌の見事な雄(お)っぱいに顔を埋(うず)める私は、どうやらこの素晴らしい大胸筋の持ち主の上に横たわっているらしい。

ああ、まったくなんてけしからん夢だろう！　これは最近仕事がトラブル続きで忙しかった私への、神様からのご褒美(ほうび)なのか？　最高じゃないか！

そっと息を吐いた私は、指を這(は)わせてその膨らみを撫(な)でた。

すごい……、なんて柔らかくて弾力のある揉み心地なんだろう……ん？　あれ？　柔らかい？

「え？　どうして柔らかいの？　筋肉って、もっと硬いんじゃないの？」

「おいよせ、擽ったいぞ」

ガツンと腰にくるバリトンボイスがするほうへ視線を移す。どうやら私のベッドは、年齢は三十代後半とおぼしき異国の男性だったらしい。

短く刈り込んだ赤茶色の髪、男らしい眉の下にあるのは鋭い切れ長の赤い目、すっと通った鼻筋に形のいい唇。そして、その身体はもちろん見事な筋肉で覆われたダイナマイトボディだ。

えっ、やだ、身体も声も顔も、私の好みどんぴしゃなんですけど！

「力を入れてない時の筋肉なんて、こんなもんだろう？　ほら、これでどうだ」

「うわっ、なにこれすごい！　カチカチ！」

ふわふわと柔らかかった雄っぱいは、突然その感触を変えた。

こうなってしまってはもう簡単に揉むことはできない。仕方なく、カチカチになったけしからん雄っぱいをひたすら撫で回した。

「すごい、一瞬でこんなに硬くなるんだ」

「フッ、変な奴だな。男の胸なんぞ触ったところで面白くないだろうに」

「そんなことない。こんなすごい筋肉、見るのも触るのも初めてだから、すごく楽しい」

「ふむ、そういうものか。……では次は私の番だな」

「ふぇっ？」

いきなりぐるんと視界が反転して、気が付くと今度は私が男の下になっている。

眉間に皺を寄せた男は、手慣れた様子で私がパジャマ代わりにしてる大きなTシャツを捲り上げた。

「ちょ、ちょっと待って、え？　なに？」

「待たない。大体お前は問答無用で私の胸を揉んでいたではないか」

「そっ、そうだけど、そうじゃなくて！」

パジャマの下は色気のないタンクトップ一枚。しかも実用一点張りの黒。

こんないい男に見られるなら、せめてもうちょっといい下着の時がよかったのに！

神様はなんて残酷なんだ！

「ほう、これは……」

現れた色気の欠片もない下着を見てなにを思ったか、男はニヤリと笑うといきなり私の胸を撫で始めた。

「やっ、なにすんのよ！」

「身体検査だ。お前が怪しいものを所持していないか厳重に調べねばならん」

「やあ、あっ」

遠慮の欠片もない大きな手が私の胸を撫で回す。

わざと焦らすように指が掠って胸の先が尖り始めると、男は意地の悪い笑みを浮かべた。

「フッ、私に触られて感じているのか？」

「あっ……ん、ふぁっ」

節くれ立った指が、私の身体を縦横無尽に這い回る。

ひとしきり胸を触っていた手は脇腹から腰を辿り、そして太腿を撫でる。

自慢じゃないけど、ここしばらく彼氏いない歴を着々と更新中の私。

久しぶりの男の肌と情熱的な愛撫で簡単に火が付いた身体は、熱の解放を求めてじりじりと私を苛む。

「や、だめ……！」

「ククッ、そんな蕩けた顔をして、情けない奴だな」

「……ん、だって……あなた、すごく私の好みだから……」

「シルヴェスタだ」

「しる、べすた……？」

「そうだ。お前の名前は？」

「私は……あんっ、あ、亜里沙」

「アリサか。お前はこの部屋がカリネッラ皇国騎士団長の部屋だと知っていて侵入したのか？」

「カリネッラ……？　知らない……ね、でも待って」

さっきから焦らすように触ってくれないアソコが、切なくて堪らない。

私は男の手首を掴んで、自分の下腹部へ誘った。

「お願い、もう焦らさないで、こっちも、ここも触って……？」

一瞬驚いたように目を瞠った男は、次の瞬間、さも軽蔑したように冷笑した。

「なんだ、お前は男娼だったのか。なるほど、それなら他にやりようがあるな」

「……は？　だんしょうってもしかして……男娼⁉」

ちょっと待て。お前あれだけ人の胸を揉んでおきながら、それでもまだ男だと間違えるなんて、ひどくないか？

大きな手が私の股の間を弄ったのと、『男娼』の言葉に反応した私が身体を起こしたのは、ほぼ同時だった。

そしてその直後、紅い瞳が大きく見開かれるのと同時に、私は渾身の平手打ちを男の頬に叩きこんでやったのだった――

翌朝けたたましいスマホのアラームで目を覚ました私は、爽やかな朝の光の中、胸を覆う自分の手に気付き、大きく溜息を吐いた。

「やっぱり夢、か……」

盛りのついたガキじゃあるまいし、夢で発情して、起きたら自分の胸を揉んでたなんて悲しすぎる。しかも夢の中で男と間違えられてたし……

「……まあでも好みのいい男だったし、雄っぱいはしこたま揉んでやったからよしとするか」

大きく伸びをしてベッドから出た私は、そのまま寝室をあとにした。

だからシーツの上に残された一本の赤い髪の毛に気が付くのは、もう少し先の話。

第二話　癒しのビールと筋肉とマッサージ

あの妙にリアルな筋肉の夢から数週間後。その日いつものように遅い時間に帰宅した私は、上着を脱ぐとすぐにビールのプルタブを上げた。

「……ったく、やってらんない」

二十六歳独身ＯＬ、お一人様歴を無事更新中の私。

こんな金曜の夜に予定がないのも、いつも静まり返った広いオフィスで一人残業しているのも、十時に施錠に来る警備員さんに申し訳なさそうに追い出されて帰るのも、いい加減慣れたけどさ。

……あとはやっておくからなんて、物わかりのいい先輩のフリして引き受ける私が悪いんだけどさ。

空(から)になった缶をテーブルに置くと、カンッと乾いた音が狭い１ＬＤＫの部屋にやたらと大きく響いた。

「疲れた……」

ご褒美(ほうび)と称して買うちょっといいビールも、身体にいいという謳(うた)い文句の色鮮やかなサラダも、凝(こ)った名前のコンビニスイーツも飽きた。こんなのちっとも私を癒してくれない。

私がほしいのはもっとこう、確かな温もり――そう、筋肉だ。

二週間くらい前の夢に出てきたあの男。人のことを「男娼」だなんて失礼極まりないが、だがしかしあいつはいい筋肉を持っていた。

不敵な笑みを浮かべた男臭い顔つきも、無駄のない筋肉質な身体も、掠(かす)れ気味の低い声も、すべてが私の性癖ドストライク。

あのしっとり滑らかな筋肉に包まれたい。

ぶっとくてごつごつした腕で、息が詰まるくらい強く抱かれたい。

綺麗(きれい)に割れた腹筋の上に身体を委(ゆだ)ね、けしからん雄(お)っぱいに顔を埋(うず)めて心ゆくまで眠りたい……

「……い、おい」

「……んー……」

「おい、起きろ、いや、頼むから起きてくれ」

「……ん……」

私を呼ぶ低い声に目を開けると、視界に入ったのは日に焼けた肌のなだらかな丘。

まさぐる掌に感じるのは、紛れもなく私が知るあの至福の揉み心地。ということはつまり――

「雄っぱい……」

「おい」

「……相変わらず、けしからんこの柔らかさ。大体、女の私の胸より大きいってどういうことさ」

「おい」

やんわりと雄っぱいを揉みしだく手を上から掴まれて、もう片方の大きな手が頭を覆う。

掌の動きに促されるように上を見たら、眉間に皺を寄せる例の失礼な赤毛の男と目が合った。

「……あんた、ええと……確か……シルベスター」

「……シルヴェスタだ」

シルヴェスタは眉間に皺を寄せたまま、深く溜息を吐いた。

「お前は一体何者だ？　この間といい今日といい、どうやってこの部屋に入ってくるんだ？」

「ん？」

「いや、そんなことより、この私が気が付かないうちに身体の上にのるなどと、お前は本当に……」

「うるさい」

私もシルヴェスタに倣(なら)って眉間に力を入れ、盛大に溜息を吐いた。

この部屋にどうやって入ったとか、このシルヴェスタという男が騎士団長だとか、そんなことはどうでもいい！　大事なのは今、目の前にある筋肉なんだよ！

「……私には癒しが必要なの」

「癒し？」

「そう。毎日毎日、深夜まで奴隷のように働かされて」

「なっ！　奴隷だと!?」

「周りの仲間は見て見ぬふり。……きっと私は都合のいい生贄(いけにえ)なのよ」

「生贄(いけにえ)!?」

「もういいから黙って。私が自由になれるのは夜の短い時間だけ。……せめて今だけは好きなことをさせて」

はだけたシャツから見える双丘に、私はそっと頬をすり寄せる。

ああ、このしっとりすべすべな肌触りと柔らかさ……たまんない……

すりすりと雄っぱいを堪能する私の頭を、シルヴェスタの大きな手が躊躇いがちに撫でた。

「……お前、いやアリサ、こんなに小さくて華奢な身体で、しかもか弱き女性だというのに奴隷などと……」

「ふふっ」

「どうした？　なにがおかしい？」

「だってあんた、この前私を男だと間違えて、ねちっこく身体を撫で回したじゃない。しかも散々弄んでくれてさ。それを今更か弱い女だなんて白々しい」

「も、弄ぶなど！　いや、だがこんなに髪が短い女性など見たことがなかったし、そもそも騎士団長の部屋に不法侵入するからには、なにか目的が……！」

「下手に取り繕わなくていいよ。男勝りってよく言われるし、男の子と間違われたのも、あれが初めてじゃないから」

雄っぱいに顔を埋めて、くすりと笑う。するとシルヴェスタは諦めたように大きく息を吐いて、太い腕で私を抱き締めた。

「すまなかった」

「んー？」

「前回は随分とひどい態度をとってしまった。アリサはどこも滑らかで柔らかく、そしていい香りがする。こんなに可愛らしい女性を少年と間違えるなど、私はどうかしていたのだ」

「そうだよねー。あれだけ人の身体触った挙句、男娼だなんて。まったくひどい話だよ」

「その通りだ。だからお詫びと言ってはなんだが、アリサの願いを叶えよう。私にしてほしいことはあるか？」

「なによ急に改まって」

「お前が奴隷だというのなら、金を積めば自由になれるのか？　いや、それとも奴隷などと非道なことをする奴の息の根を止めてくれようか。……アリサ、なんでもいい。お前の願いを言ってくれ」

無意識なんだろうけど、背中に回された腕に段々と力が入ってくるのがわかる。

私の太腿と変わらないくらいのぶっとい腕で強く抱かれて、背骨がみしりと軋んで悲鳴をあげる。

でもその圧迫感が逆に心地いい。私は分厚い胸板にぎゅっとしがみ付いて、そっと息を吐いた。

こんないい声で願いを叶えようだなんて言われたら、まるで物語のヒロインにでもなった気分になっちゃうよね。

……柄（がら）じゃないってわかってるけど、夢だってわかってるけど、それでも嬉しくなるじゃないか。

「……ありがとう。でもいいんだ。うちはそんなにブラックじゃないし、みんな恋人がいたり、子供が生まれたばかりだったり、色々事情があるからしょうがないよ。それにこれは、私が納得してやってることだから」

「それではお前一人が犠牲になるではないか！」

「ふふ、怒ってくれてありがとう。ねえ、願いを叶えるってなんでもいいの？」

「あ？　ああ、もちろんだ」

「男に二言はないわね？」

「カリネッラ皇国騎士団長シルヴェスタ・ヴェアヴォルフの名に懸（か）けて、アリサの願いを全力で叶えると誓おう」

その答えに満足した私は、思わずニヤリと笑った。

「じゃあね……」

「あ……ん、シルヴェスタの……おっきい……もっと、もっと強くして……」

「だが、これ以上力を入れては、お前の身体が……」

「いいの……お願い……あっ、あっ、そこ、そこだめっ」

広いベッドに俯せに寝かされた私の身体を、シルヴェスタの熱くて大きな掌が縦横無尽に這い回る。

次々と弱点が暴かれ執拗に揉みしだかれ、私はかれこれ一時間近く圧倒的な力に蹂躙され続けていた。

――日頃から、ひどい肩こりに悩む私。

一日中ＰＣを見つめるＳＥなんていう職業柄、目の疲れからくる肩や背中、腰の凝りで普段から身体はバキバキ。疲れがひどい時は片頭痛を併発するので、普段から痛み止めは手放せない。

最初は呆れたような顔をしていたシルヴェスタだけど、私の背中を触った途端、その手強さがわかったようだ。

真剣な表情で凝りを探す手付きは、力任せのマッサージと違い、絶妙な力加減で首から肩、背中、そして腰を優しく丁寧に揉み解していく。

ああ、なんてご褒美だろう！　太い指に似合わない繊細な動きと、的確に凝りを見つける勘のよさ。そしてなにより、この掌の温度が蕩けるくらいに気持ちいい。まるでシルヴェスタに愛撫されてるみたい……

「アリサ？　眠いのか？」

「ん……だって、すごく、気持ちいい……」

そのまま心地よい微睡みに浸ろうとする私の耳に、熱い息と一緒にシルヴェスタの唇が寄せられた。

「お前は私を試しているのか？」

「ん……試すってなに……」

「まったく人の気も知らないで……」

低く掠れたシルヴェスタの声は、まるで私を眠りに誘う子守唄みたい。

ああ、今日の夢は最高だ。雄っぱいも堪能したし、ぎゅってしてもらったし、しかもマッサージ付き。こんなご褒美をもらったら、月曜からまた頑張ろうって思えるよ……

「……シルヴェスタ……ありがと……ね……」

「……ああ、ゆっくり休め。アリサ」

やがて深い眠りについた私は知らない。

この時シルヴェスタがどんな昏（くら）い目をしていたとか、子供が見たら泣き出しそうなほど恐ろしい形相をしていたとか、身体中から殺気が溢（あふ）れていたとか、そんなことを。

「……こんなに華奢（きゃしゃ）な身体がボロボロになるほど酷使（こくし）された挙句、生贄（いけにえ）など……。許さん、アリサ、お前がなんと言おうと私は許さんぞ……」

第三話　プロテインと私

「あー、重かった」

外出から帰ってきた私は、リビングにあるローテーブルにどさりと紙袋を下ろした。

袋の中身は見た目も華やかに包装されたチョコレート達。バレンタインを前に、デパートで仕入れてきたばかりの戦利品だ。

近年はどこのデパートもかなり力が入るバレンタイン商戦。

この時期だけ来日する有名店の前には長蛇の列ができ、イケメンパティシエの実演販売ブースの前には、黒山の人だかり。

ショーケースを楽しげに覗き込む女性のグループを避け、間違いなくカップルだろうリア充共をかわしながら、私は一人お目当てのブツを探して、いくつものブースを回る。

くそう、みんな楽しそうだな！　せめてこれが本命チョコだったらよかったのにな！　全部義理チョコとか悲しすぎるよな！

重いコートとジャケットを脱いで床に座り、テーブルに頬杖をついて溜息を吐いた。

これでも昔は人並みに彼氏だっていたんだ。

大学のゼミで知り合った彼とは、あと少しで三年目を迎えるところだった。でも仕事と環境の変化によるすれ違いで、気が付いたら自然消滅。

『久しぶりの約束だったのに、また仕事でキャンセルかよ』

『そんなの誰かに頼んじゃえよ。お前ってほんと要領悪いな』

『たまには男に甘えろよ、まったく可愛げがねーんだから』

デートのたびに残業で遅れる私に、仕事の愚痴を零す私に、いつまで経っても奢ってもらうのに慣れない私に、冗談めかすようにそう言ってアイツは笑ってた。

でも何気ない言葉の中に、さりげなく本音が混じってるのはわかってた……

「あーあ、あの雄っぱいが夢じゃなくて現実だったらよかったのに」

紙袋からチョコレートを取り出した私は、可愛くラッピングされた箱をじっと眺めた。

思い浮かぶのは、最近よく夢に出てくるあの男。前回の夢は、確か十日くらい前だったか。

「シルヴェスタにあげるなら、やっぱり糖質オフ？　いや、チョコじゃなくてプロテインか？　それともここは私を召し上がれ的なやつ？　でも、いらないって拒否されたら立ち直れないよね………」

そんなことを考えながら、いつしか私は気持ちのいい微睡みに身を任せていた。

「……サ、アリサ」

「……んー……」

「おい、起きたのか？」

気遣うように囁かれる低い声。そっと目を開けると飛び込んできたのは、もはやお馴染みになった豊かな双丘。

「……プロテイン……」

「む？　プロテイン？　プロテインとは誰のことだ？」

「この匠の雄っぱいを維持するには、やっぱりプロテインチョコ味……」

「アリサ？　寝ぼけているのか？」

夢見心地のまま雄っぱいに頬ずりする私の髪を、大きくて無骨な手がゆっくり梳く。

私を見つめるその表情は、初めて会った時の険がすっかりなくなって、まるで心配してくれてるみたいに見える。

ふふ、寝る前にシルヴェスタのことを考えてたからかな？　こうしてまた会えるなんて、最高に幸せだ。

「どうせならシルヴェスタがいい……」

頭を撫でる大きな手を掴まえて、ぎゅっと握った。

「うん？　今なんと言った？」

「んー、どうせバレンタインのチョコをあげるなら、シルヴェスタにあげたいなって」

「バレンタイン？　チョコ？　チョコとは一体なんだ？」

「あれ？　バレンタインって知らない？」

「ああ。バレンタインとはなんだ？」

「好きな人にチョコを贈る日なんだけど、もともとは聖バレンタインって人がいて、えーっと……殉教(じゅんきょう)した日？　いや、祭りで捧げる生贄(いけにえ)になった日？　確かそんな由来だったと思う」

「なっ……殉教(じゅんきょう)？　もしくは生贄(いけにえ)だと!?」

突然、素晴らしい腹筋で身体を起こしたシルヴェスタは、両手でがしっと私の肩を掴(つか)んだ。

「おい、どういうことだ！　詳しく説明しろ！」

「えっ、詳しくって言われても……ええと、昔はとにかく今は恋人達の日だけど、私みたいに相手のいない奴にとっては、地獄みたいな日で」

「地獄!?」

「うん。お世話になってる人とか上の人に、義理(貢ぎ物)チョコを捧げる日になってる感はあるよね」

「貢ぎ物を捧げる？　お前はなにを考えているんだ！」

「へ？」

額(ひたい)に青筋をたて激昂(げきこう)するシルヴェスタを前に、私は首を傾げた。

っていうか、なんでこんなに怒ってるの？　もしかして過激な義理チョコ反対派？

「いやでもほら、円滑な人間関係を維持するためには必要不可欠っていうか、そういうの大事だよね？」

「だからなぜ、お前が、貢ぎ物を用意せねばならんのだ！　もっと自分を大事にしろ！」

今度は一転、眉尻を下げたその顔に、私はますます首を傾げる。

えーっと、つまりシルヴェスタは、義理チョコをあげるのが気にくわないってこと？

それとも私が誰かにチョコをあげるのが気にくわないとか？

え、それってもしかして嫉妬？　……やだ嬉しい！

そこまで考えて、ふと冷静になった。

いやだってさ、今までさんざん身体の上にのったり、背中を揉んでもらったりしてるのに、シルヴェスタって全然反応してくれないんだよね。

初めて会った時なんて下着を見られて、しかも全身くまなく触られたんだよ？

前回だってベッドに横になって、背中をマッサージしてもらったんだよ？

それなのに股間がノーリアクションって、悲しすぎるんだけど！　私って、そこまで魅力ない？

そこまで考えて――自分の中で、なにかのスイッチが入った。

「……ねえ」

時刻はきっと深夜なんだろう。薄暗い部屋を照らすのは、ベッドサイドのランプの明かりだけ。無駄のない引き締まった筋肉に落ちる濃い陰影が、一層その魅力を引き立てる。

盛り上がった雄っぱいの下にあるのは、見事に六つに割れた腹筋。腰から繋がる腹斜筋のラインが際立って見えるのは、余計な脂肪がついていないからだろうか。

……正直言って、すっごく美味しそうだよね……

バレないようにそっと唾を呑んで、逞しい胸筋に手を置く。

「シルヴェスタは私のこと、どう思ってるの……？」

「どう、とは？」

紅い瞳を見つめながら手に力を入れて押すと、大きな身体は簡単にうしろに倒れる。

その上に馬乗りになった私は、警戒してるのか力が入って張りつめた谷間を、つっと指で撫でた。

「だから、義理チョコに怒ったり、もっと自分を大切にしろって言うのは……ちょっとは私のことを気にしてるから？」

「ッ……、アリサ」

滑らかな肌の感触を楽しみながら、綺麗に割れた腹筋を丁寧になぞる。

「シルヴェスタは義理チョコと私、どっちをもらえたら嬉しい……？」

指で腹筋を辿り、お臍の窪みをたっぷり堪能する。そして更にその下に伸ばそうとしていた手が、大きな手に捕まった。

下から伸びたもう片方の手が私の頬を撫で唇に触れる。

じっと見つめる赤い瞳が一瞬、炎みたいに揺らめいたように見えた。

「アリサ、私はお前のことが……」


その時、耳障りな電子音が鳴り響いた。

メールの着信を告げる音に驚いて顔を上げると、目に映ったのはさっきのチョコレートの箱。

身体を起こした私は、自分があのままテーブルで寝ていたことに気が付いた。

「せっかくいいところだったのに……私の雄っぱいを返せ!!」

――その夜、狭い１ＬＤＫに魂の雄叫びが響いたのは、言うまでもない。

第四話　パンプスの試練

「……あーったく、足パンパンだっつーの……」

自宅に到着するなり玄関に座り込んだ私は、むくんだ足の甲にくっきり残るパンプスの痕をそっとさすった。

今日は、年に数回あるＩＴイベントの最終日。

幸か不幸か、そこまで盛況ではない我が社のブース。それでも途切れることなく訪れるクライアントやユーザー、プレスの対応に追われ、社員は朝も早くから夕方まで広い会場の中を駆けずり回った。

日頃オフィスでずっと座ってる私には、一日外にいるだけでもハードルが高いっていうのに！　連続三日、その上女性はスーツにパンプス着用が必須って、嫌がらせか！

痛む足を引きずってベッドに辿りついた私は、そのままシーツの上にダイブした。

「お腹空いた……化粧落としたい……熱いお風呂に入りたい……でも面倒くさい……」

五分、いや十分。十分だけ休憩したら、ちゃんとしよう。

今日は駅ビルのお惣菜屋さんで買ったちょっといいお弁当があるし、疲れが取れるってＣＭでやってる入浴剤もある。それに明日は土曜日。やるべきことをやれば、あとは好きなだけ寝てていいんだから……

そんなことをぼんやり考えながら、瞼が重力に抗えずゆっくりと閉じていくのを感じていた。

「……っ！　……いっ！　しっかりしろ！」

「んー……」

「アリサ！　大丈夫か！」

「うー……うるさい……」

「アリサ！」

「うるさいってば！」

突然、心地よい眠りを邪魔された私は、思わず叫んだ自分の声で目を覚ました。

自分の部屋の狭いパイプベッドとは違うやたら大きなベッドに、豪華な装飾の壁。そして真上から私を覗き込んでいるのは……

「……シルヴェスタ？」

「アリサ！　よかった気が付いたか！」

ぼんやりと開いた目に映るシルヴェスタは、いつにも増して深い眉間の皺を刻む。その怖いくらい真剣な表情に、眠りを邪魔された怒りが一気に吹き飛んだ。

「……どしたの？　なんかあった？」

「何回呼んでも目を覚まさなかったのだ。……心配したぞ」

「そっか……心配してくれたんだ」

この夢を見てるってことは、きっとあのまま寝ちゃったんだな。

前回の夢がバレンタインの前だったから、あれからもう三週間は経ってるのか……。

それなのに今日は、目の前の剥き出しになった雄っぱいに、ちっとも食指が動かない。ってことは、よっぽど疲れてるんだな、私……

「大丈夫か？　随分顔色が悪い」

「うーん、今日はちょっと疲れてて……いや大丈夫。これはお腹が空いてるだけだから」

「腹が減ったのか？」

「うん。夕飯を食べそこなって、そのまま寝ちゃったみたい」

表情を一層険しくしたシルヴェスタは、熱でも測るみたいに私の額に手を置いた。

「アリサ、食事はきちんと食べているのか？」

「食事？　あー、今日の昼はすごく忙しくて……でも差し入れのパンを一個もらって食べた……かな？　朝は寝坊したから適当に済まして、えーっと昨日の夜は……」

「待ってろ。すぐになにか食べるものを用意させる」

「へ？　なにかって……っ、痛っ！」

ベッドから下りるシルヴェスタにつられて身体を起こそうとした瞬間、右足に激痛が走った。

ふくらはぎを襲う刺すような痛みに、足が細かく痙攣する。

咄嗟に右足を庇おうとしたら、全身が強い痛みでぴきりと固まった。

なにこれ……すごく……痛い……

「っ……！」

「どうしたアリサ！　足が痛いのか？　おい、なんだこれは！」

私の足を見て驚いたように息を呑んだシルヴェスタは、ぶちぶちと強引にストッキングを破き始めた。

お前、よくも高級着圧機能付きストッキングを破いたな！　高かったんだぞ、これ！　じゃなくて！

「いたいいたいいたいいたいいっ」

シルヴェスタの手が触れた途端、あまりの痛さに悲鳴が出た。

容赦なくストッキングを破く手に、声の限りに叫んで痛みを訴える。

その時、ものすごい音と同時にドアが開いて、誰かが部屋に飛び込んできた。

「団長、どうしました！　ご無事で……だ、団長？」

視界の端に映るのは、驚いたように口を開けたまま、こちらを見ている若い男達だ。

「だ、団長、あの、その方は……？」

「二人共いい所に来た。マルチネスは食堂に行って食べるものをもらってきてくれ。消化のいい食べやすいものがいいだろう。ニールはお湯を頼む。彼女の足を清めてやりたい」

「「は、はい！」」

二人が慌ただしく出ていったあと、シルヴェスタは私の右足を下から上へとさすり始めた。

いや、だから触るなって！　むっちゃ痛いんだってば！

痛みで声も出せない代わりに、思いきり睨んで抗議してやる。すると、シルヴェスタは困ったように眉尻を下げた。

「おい、頼むから泣くな。アリサのこれは、足が攣っているんだ。我々騎士も激しい鍛練のあとは、足が攣ることがあるからわかる。痛いかもしれんが、こうやって解したほうが早く楽になるんだ」

「攣、る……？」

「ああそうだ。足を酷使した時によく起こる現象だ。アリサは足が攣るのは初めてか？」

話している間もシルヴェスタの大きな掌は、休むことなく私の右ふくらはぎをさすり続ける。

……そっか、これがかの有名な『足が攣る』ってやつか。

高校の時に陸上部のクラスメイトが、あれはヤバイと力説してたのを思い出す。うん、確かにこれは痛い。マジで涙が出る。あの時、適当に聞き流して本当にごめん、名前も思い出せない友人よ。

「痛いのは最初だけだ。こうしていれば段々痛みが和らいでくる。アリサ、身体から力を抜いてみろ」

「うう……でも……」

握りしめていたシーツを放して恐る恐る足を伸ばすと、シルヴェスタは左のふくらはぎもさすり始めた。

すごく慎重に、丁寧に、大きな手が私のふくらはぎの上を滑るように動く。

「……なんと柔らかなふくらはぎだ……。ほら、もっと力を抜け。私にすべてを任せるんだ」

優しく労るような手の動きと、落ち着いた低い声。

少しずつ痛みが薄れてきたのがわかって詰めていた息を吐くと、全身から力が抜けていくのがわかった。

「シルヴェスタ、少し……楽になってきた……」

「いいぞ、そのままじっとしてろ」

「うん……んっ、……ね、もうちょっと優しく、ゆっくり動いて……」

「あ、あの、団長、お湯の支度ができましたが」

不意に戸惑ったような声が聞こえた。目を開けると、部屋の入り口に、顔を真っ赤にした男が桶（おけ）を持って立ち竦（すく）んでいるのが見えた。

「ニール、そこに桶（おけ）を置いたらもう下がっていい」

「は、はい！　失礼します！」

「アリサ、身体を起こせるか？　爪先（つまさき）が大分冷えている。湯で温めてやろう」

「うん……っっ」

ぶっとい腕で抱き起こされて、背中に枕が当てられる。

シルヴェスタはうしろに寄りかかった私の両足を、湯で濡らした手拭いで覆（おお）った。

少し熱いくらいの手拭いは、疲れた足に染み渡るみたいで気持ちがいい。

「気持ちいい……」

思えばこの三日、慣れない接客に心も身体も疲れ果てていた。

直行直帰で普段より早く家に帰れるとはいえ、元々私はデスクワーク中心だ。体力もないし愛想笑いも苦手なのに、よく頑張ったと自分を褒めてやりたい。

ふふ……っていうか、こんないい男に傅かれて、甲斐甲斐しく足まで拭いてもらって、夢とはいえすごいご褒美だよね。

ふかふかの枕に埋もれてそんなことを考えていた私は、ふと手拭いとは違う生温かいものが爪先を這っているのに気が付いた。

擽ったいような奇妙な感覚を不思議に思って目を開けると——そこには真剣な顔で私の足を舐めるシルヴェスタがいた。

「ちょ、ちょっとなにしてんのよ！」

「じっとしてろ。アリサ、お前自分の足が血だらけなのに気付いていなかったのか？」

血だらけ？　もしかしてパンプスで爪が割れてた……？

いや、だからって舐めるってどうなのさ！　いくら夢とはいえ、そんなオプション必要ないから！

なんとか逃れようとしても、足首を掴むシルヴェスタの手はぴくりとも動かない。

分厚い舌がぬるりと指の間を這い回る感覚に、背筋がぞくぞくする。

擽ったいような、ぞわぞわするような、妙に落ち着かない気分でいたたまれない。私は激しく頭を横に振った。

「やっ、そんな、たいした怪我じゃないし！　それに汚いから！　は、放してっ！」

「この足は一体どうしたのだ。なぜこんなひどい怪我をした？」

低く、まるで尋問するような声。鋭い視線で観察されてる間も、熱い舌はぬるぬると爪先を這い回る。

親指を舐めていた舌が次は人差し指に、そして中指が終わると薬指へ……

「あっ、きょ、今日は特別なイベントの日で」

「イベント？　なんだそれは？」

「イベントって、お、お祭りみたいなやつ？　それで、普段私は外に出ないんだけど、そのイベント、えっとお祭りの日だけは外に出て」

「普段は外に出られないとは？　監禁でもされてるのか？」

「監禁じゃなくて、拘束っていうか、就業規則があるから……あっ、やん」

「拘束だと!?　……祭りで一体なにをさせられたのだ？」

「わ、私の役目は……お客様の、おもてなしで」

「客をもてなすだけで、なぜこのような怪我をしたのだ」

「それは一日中パンプス履いてたから、それで……。ね、シルヴェスタ、もういいからやめて！」

仕上げとばかりに、右足の指全体が口の中に入れられる。熱く濡れた舌が満遍なく、すべての指に絡まって、最後に小指がくちゅくちゅとしゃぶられる。

足首を掴んでいた手が離れて、ようやく解放されたと思った次の瞬間、今度は左の足首が掴まれた。

「やっ、シルヴェスタもうやだ！　お願い許して！」

気が遠くなるような絶望を覚えて、懸命に足を動かす。でも私の必死の抵抗も虚しく、左足の指が口に入れられた。

「だめだ、消毒が終わるまで我慢しろ。それでパンプスとはなんなのだ」

「あっ、や、パンプスって女性用の靴だけど、イベントの時は着用するように上に言われてて」

「命令されたのか？」

「そ、そうだけど、私、あれ苦手だから、一種の拷問みたいなもので……っ、あっ、もうやだあっ」

ぴちゃぴちゃと唾液の絡まる淫靡な音が、部屋に響く。

擽ったいのとは別の奇妙な感覚が、じりじりと爪先から溜まっていく。

今まで誰からも与えられたことのない、初めての感覚。私は身の置き所のないほどの熱から逃げ出したくて堪らない。

「拷問だと……！」

一際低くなった声と同時に左足の親指が根元から強く吸われて、その瞬間、私の中でなにかが弾けた気がした。

「シルヴェスタ、だめぇっっっ！」


自分の大きな声で目が覚めた私は、勢いよくベッドから起き上がった。

朝の光に包まれた部屋は、昨日置いたままのお弁当が放置されているし、椅子の背には脱ぎっぱなしのコートがかかっている。

「あれって夢、だよね。よかった……」

たとえ夢の中だとしても、足を舐められてイきそうだったとか、ほんと勘弁してほしい。

見慣れた風景にほっとした私は、いまだにバクバクと音を立てる心臓の辺りを手で押さえる。そして息を整えようとして、目に入った自分の爪先に思わず息を止めた。

「嘘……どういうこと？」

視線の先にあるのは、ありえないくらい破れたストッキングと、剥き出しになった足の指だ。

そういえば、あれだけパンパンだった足のむくみがなくなっているのは気のせい……？

「……あれって本当に夢、だよね……？」

第五話　年度末行進曲

普段なら空席がぽつぽつと見つかる、夜十時を過ぎた電車内。

それがここ数日はなかなか賑わっているのは、やはり年度末が近いからだろうか。

ガタンガタンと規則正しい揺れに身を任せながら、ふとそんなことを考える。

一様(いちよう)に疲れた顔をした乗客達に妙な親近感を持ってしまうのが、我ながら不思議だ。

それでなくても忙しい年度末進行。加えてここ数日の間に立て続けに飛び込んできた、『予算が余ったから、ようやくバージョンアップの許可が出たんです！』という案件達。

このご時世に本当に有難い話だけど、涙が出るほど嬉しいけど、心の底から嬉しいけど、言えるものなら今こそ言ってみたい。「ご利用は計画的に」ってさ！

ぼんやりとそんなことを考えていた私は、ふと電車の窓に映る自分の姿に気が付いた。

こんな映りの悪い車窓でもわかってしまう、隠しきれていない濃い隈。化粧の浮いた青白い顔に、死んだ魚のような目……

夜十時までみっちり仕事をして、家に帰ってからもひたすらデータをチェックする。明け方の五時までＰＣを睨んで、七時に起きて会社に行く毎日。

ベッドで寝ている時間より、机に突っ伏して寝てる時間のほうが長いのは、間違いない。

あと少しの辛抱だってわかってるけどさ、たとえ終わりがわかっていても、疲れるものは疲れるんだよね……

最寄り駅まであと二駅だと告げる車内アナウンスを聞きながら、ほんの少しだけ、そう思って私は目を瞑った。

……ああ、今こそあの滑らかな肌に、至高の雄っぱいに埋もれたい。

ぶっとい腕でぎゅっと強く抱かれて、あの腰にくる低音ボイスで「大丈夫か？」って言ってほしい。

大きくて熱い掌で優しく撫でて、身体中をとろとろに溶かしてほしい。

シルヴェスタ、もう二週間以上会えてない。今こそあなたの筋肉の癒しが必要だよ……

大きな手が頭を撫でる。

優しく、まるで大切な宝物を撫でるみたいに、何度も、何度も。

なんだか嬉しくなった私は、その手を掴まえて猫のように頬をすり寄せた。

「……アリサ？　起きたのか？」

低くて甘い大好きな声と、心地よい温かさ。至福のひと時を堪能して、深く息を吸う。

仄かに漂う薄荷みたいな香り。ああ、これ知ってる。これはきっと……

「……シルヴェスタ……？」

「ああ。無理に起きなくていい。そのまま寝ていろ」

「うん」

「可哀想に、こんなに疲れて。……頑張っているのだな」

「うん……」

私を労る優しい言葉に、じんわり頬が緩む。

ふふ、シルヴェスタって本当に優しいよね。

会うたびに不機嫌そうな仏頂面で、力加減も時々間違えるけど。

でも私を撫でる手は丁寧だし、いつも身体を気遣ってくれる。

シルヴェスタと一緒にいるとわかるんだ。

私、本当は誰かにこういうふうに労ってほしかったんだって。

無理するなよって、無理しなくていいよって、そう言ってほしかったんだって……

「ん……へへ……シルヴェスタ……ぉっぱい、すき……」

「……っ！　アリサ、私は！　…………いや、今はまだいい。ゆっくり休め」

「……ん……」

そのまま少しざらついた掌の感触を楽しんでいると、ガクンと一際大きく身体が揺れた。

はっと開けた目に見慣れた駅のホームが飛び込んで、慌てて電車を降りる。直後に背中でドアが閉まった音がした。

「あー危なかった、あのまま寝過ごすところだった」

ホームを吹き抜ける身を切るような冷たい風に、慌ててコートの襟を立てた。

あーあ、さっきまでシルヴェスタの腕の中でぬくぬくしてたのに、これじゃあせっかくの余韻が吹き飛ばされちゃうよね。

大きく深呼吸した私は、パソコンの入った重い鞄を抱え直した。

「よし、あとちょっとだ。……頑張ろう」

◆
◇
◆

その週末、つつがなく迎えた年度末最終営業日。帰宅した私は、玄関で景気よく靴を脱ぎ捨てた。

「ぐっふふー、飲んだ飲んだー、そして終わったー！」

今年もどうにか乗り越えたデスマーチ！

部署の打ち上げでさんざん飲んだくれてご機嫌な私は、荷物を置いてそのままバスルームへ向かった。

明日からは無理やりもぎ取った有給、しかも奇跡の三連休！

あー、連休なんて久しぶり。なにをして過ごそうかな？

好きなだけ寝坊して、ベッドの上でだらだら過ごすのもいいな。

せっかくだから春物の服を見に行きたいし、気になってたあの映画に行くのもいいかもしれない。

そんな楽しい計画に一人にやにやしながら、湯船の蛇口を捻ってお湯を止めた。

ここ数日は忙しくてシャワーで済ませていたけれど、今日は入浴剤をたっぷり入れた熱いお湯に、身体を浸すことにしたのだ。

優しい桃の香りが評判のこの入浴剤は、デパートにしか入ってない某有名コスメブランドの品。

容器も凝って可愛いんだけど、その分お値段が可愛くない。だからこれは特別な時にだけ使う、とっておきだったりする。

「ふぅ……気持ちいい……」

湯気と一緒に立ち上る芳醇な香りに包まれて、うっとり目を閉じる。そして手を上に伸ばして、バキバキになった肩を回した。

思い起こせばここ数日、持ち帰った仕事の処理で碌に寝てなかったんだよね。スマホのアラームを目覚まし代わりにした細切れ寝だと、夢を見る暇もありゃあしない。

「うわー、すっごい肩凝ってる。今こそシルヴェスタのマッサージが必要だよ。あー……雄っぱいに埋もれたい……な……」

突然襲ってきた抗えない眠気に、いけないと思って頭を振る。

そしてお風呂を出ようと湯船の縁に手をかけて——私の記憶はここで途絶えた。

第六話　突然の侵入者　シルヴェスタ視点

私の名前はシルヴェスタ・ヴェアヴォルフ。

ヴェアヴォルフ伯爵家の嫡男として生を受けた私は、幼い頃から厳しく剣技や体術を叩き込まれ、我がカリネッラ皇国に尽くすことを己の誇りとしてきた。

そんな私が有り難くも皇国騎士団長を拝命して、かれこれもう十年以上になる。以来私は騎士団長として、己の職務に身を尽くしてきたのだが……

あれは今から三か月ほど前、私の前に突然不思議な侵入者が現れた。


その日の朝、私は鏡に映る自分の顔を見て眉間に皺を寄せた。頬に残る鮮明な朱色は、どう見ても小さな手の痕のように思える。

「やはり、あれは夢ではなかったのか……」

上からなぞった朱色は、微かな痛みと共に昨夜の記憶を呼び起こした。

昨夜、奇妙な息苦しさを感じて起きた私の目に、見慣れぬ黒髪が飛び込んだ。

警戒しながら慎重に視線を下に向けると、私の呼吸に合わせて上下する小さな身体が見える。その身体の大きさと重さからして、まだ年の若い少年ではないかと見当をつけた。

ここカリネッラ皇国には二つの騎士団が存在する。

白の騎士団と呼ばれる貴族の子弟が所属する近衛騎士団と、黒の騎士団と呼ばれる叩き上げが所属する皇国騎士団だ。

城を挟んで東翼と西翼にわかれるそれぞれの騎士団寮舎は、中の造りがまったく同じだ。故に慣れない新人が、西と東を間違えるのはよくある話だった。

大方こいつもそんな所だろうと様子を窺(うかが)っていると、しばらくして目を覚ました少年は物珍し気に私の胸を触り、なにが嬉しいのか無邪気に顔を綻(ほころ)ばせた。

こいつは自分が話している相手が皇国騎士団の鬼と呼ばれるシルヴェスタ・ヴェアヴォルフだと理解した時、一体どんな反応をするのだろうな。

ニヤリと笑って少年を組み伏せ、服を脱がしにかかったのだが――

パンッ、と乾いた音が部屋に響く。

頬に走る熱より強い衝撃を受けたのは、泣くのをこらえて眉根を寄せた少年、もとい娘の表情。

その潤（うる）んだ黒い双眸（そうぼう）に目を奪われた次の瞬間、娘は忽然（こつぜん）と姿を消し、残された私はしばしの間、呆然と自分の右手を見つめることになった。

「アレが……なかった……」

翌朝いつも通り執務室に入った私を見て、団長補佐の文官イアンは目を丸くした。

「……団長？　その顔はどうされました？」

その隣で両足を机の上にのせて椅子に座りニヤニヤと気にくわない笑みを浮かべるのは、皇国騎士団副団長のマットだ。

「お前の顔にそんな痕（あと）を残すなんざ、相手はよっぽど怖いもの知らずだな。で？　どこのどいつとやりあったんだ？」

「これは……そんな代物（しろもの）ではない」

私はマットをじろりと一瞥（いちべつ）し、自分の椅子に腰を下ろした。

「じゃあなんだ、一方的にお前がやられたってのか？　カリネッラ皇国の守護神と呼ばれるお前がか？　おいおい冗談だろう」

「……女だ」

「はあ？　女!?」

「ああ」

ぽかんと口を開けるマットの横で、手にしていた書類を机に置いたイアンは銀縁眼鏡の細いつるを指で押し上げた。

「それはまたなんとも度胸のある女性ですね。しかし団長ともあろう方が、一体なにをして女性をそこまで怒らせたのですか？」

「それは……私が悪かったのだ」

あの時アリサと名乗った娘は組み敷いたベッドの上で頬を赤らめ、泣きそうな顔をしていた。

無理やり捲り上げた服の下から現れたのは、あまりにも細い身体だった。

だが、あろうことか私はそれを見て貧弱な身体だと鼻で笑い、全身をくまなく触って所持品の有無を確認したのだ。

薄く膨らんだ胸の双丘に、腰から臀部にかけての曲線、そして柔らかくしなやかな太腿……私はなぜ少年だと思ったのか！

あの時アリサは抵抗らしい抵抗もせず、私の手の動きに合わせて身体を震わせていた。

無抵抗な女性を相手に、なんということを……！

思わずギリギリと奥歯を噛みしめる私に、二人は驚いたように目を瞠った。

「いやいやちょっと待て。シルヴェスタ、お前その女性に一体なにをしたんだ？」

「ううむ、それは……」

「どちらの御令嬢ですか？　それとも商売の女ですか？」

「彼女は断じて商売の女などではない！　ただ、その……、髪が短かったので少年と間違えてしまったのだ」

「お前、そりゃあ相手が怒ってもしょうがないだろう」

「それは確かに怒るでしょうね」

「ああ。しかも無理やり弄(まさぐ)って身体検査までしてしまった」

　私が大きく溜息を吐くと、マットとイアンはガタガタと大きな音を立てて勢いよく立ち上がった。

「おい、無理やりってお前！　そいつはやばいじゃねえか！」

「しかも身体検査とは、つまりあれですか？　強引に身体を暴(あば)いたということですか？」

「……二人共、なにが言いたい」

「いやだからよ、お前は最初その女を男と間違えたんだろう？」

「ああ」

「で、色々弄(いじ)くって身体検査をした結果、女だとわかったと」

「ああ」

「そんでそんなに痕が残るほど強くひっぱたかれたってことはよ、それだけのことをしでかしたってことだよな？」

「その通りだ」

「つまり、お前……犯っちまったのか？」

「はあ!?」

「ああくそ、鈍いな！　つまりはお前のデカブツをぶちこんだのかって聞いてんだよ！」

「あんな若い娘を相手にそんなわけあるか！　大体、彼女はすぐに私の目の前から消えたのだ！　そんな行為に及ぶ暇などなかった！」

「消えた？　消えたってどういうことだ!?」

「言葉の通り姿を消したのだ！　どうやってかは私が聞きたいくらいだ！」

「お二人共、ちょっと落ち着いてください」

大声で怒鳴り合う我々の間に、イアンが割って入った。

「そもそも団長は、昨夜遅くまで私達と一緒にこの部屋にいましたよね？　そのあとは真っ直ぐ自室に向かわれたはず。一体いつどこでその女性と会ったのですか？」

「それが……不思議なことに、気が付いたら私の上で彼女が寝ていたのだ。そして私を叩いたあとは、突然姿を消してしまった」

「……なんだそういうことか、ったく馬鹿らしい」

呆れ顔でマットはふたたび椅子に座り、大きく足を投げ出した。

「そりゃあれだ、お前の夢だ。妄想だよ、シルヴェスタ」

「そんなはずはない！　アリサはあんなに温かく柔らかかったのだ。あれが夢であるはずなどない！　それに、この頬だって……」

思わず大声を出す私に、イアンが言いにくそうに声をかけた。

「もしかしたら寝ている間にどこかに顔をぶつけて、それでそんな夢を見てしまったのかもしれませんね」

「だがしかし……」

ちらりと私の顔に視線を走らせたマットは、なにか考え込むように腕を組んだ。

「まあだがよ、夢でよかったよ。団長室に侵入者だなんて洒落になんねえぞ？　何事もなくてよかったじゃねえか」

「そうですよ。もしその女性が実在する人物であるならば、団長の命を狙う暗殺者であった可能性もあるのですから」

「いや、彼女はそんな女性ではない」

私の胸を触り、嬉しそうに顔を綻ばせたアリサ。

組み敷かれたベッドの上で震えていたアリサ。

そして、潤んだ瞳で私を睨んでいたアリサ……

「……私は彼女を泣かせてしまったのだ」

「シルヴェスタ、お前……」

「団長……」

あれが夢や幻の類であったなど到底考えられない。

それにたとえ夢であろうと、女性を泣かせてしまったのは確かなのだ。

私は机の上に置いた両方の拳を、強く握りしめた。

第七話　謎の女と騎士の誓い　シルヴェスタ視点

騎士団長の仕事は、そのほとんどが団長決裁が必要な膨大な量の書類の処理である。

執務の合間に部下の鍛練に立ち会うこともあるが、若い時のように疲れきるまで身体を動かすことは滅多にない。

——だがあの日以来、私は積極的に鍛練に参加していた。

「おいそこ！　よそ見をするな！」

「はいっ！」

「おら！　団長が見てるぞ！　腹の底から声を出せ！　力を入れて、しっかり剣を振れ！」

「はい！」

騎士達に交ざり剣を振る私をちらちらと窺う若い騎士達に、すかさず上官が叱咤する。

まだ若い、いや幼さの残る顔立ちは新人か見習いだろうか。色の褪せていない騎士服が、いかにもそれらしい。

その中の茶色い髪をした男に、ふと黒髪の娘の面影が重なった。

あれから手を尽くして調べたが、結局あのアリサという娘の身元は一切わからなかった。

この国では黒目黒髪の人間は極めて珍しい。故に娘の身元は簡単に判明するだろうと踏んでいたが、城内はおろか城下町でも、黒髪の娘の情報は上がらなかった。

残念だがマットの言う通り、やはりあの娘は私の夢だったのだろうか。

無意識にかつて手形があった頬を撫（な）でていたことに気が付いた私は、頭を振ってふたたび剣に意識を集中させた。

その夜、私は嫌な夢を見た。

仰向けで倒れた私は金縛りにかかったように動くことができず、固まった身体は末端から徐々に冷たくなっていく。

纏（まと）わりつくような重みを振り払おうと、無理やり意識を覚醒（かくせい）させる。するとあの時とまったく同じに、私の呼吸に合わせて上下する小さな身体が視界に入った。

「お前は……！」

咄嗟（とっさ）に触れた髪が、サラリと掌（てのひら）から逃げる。

その確かな感触に安堵（あんど）した私は、大きく息を吐いて娘の頭を撫（な）でた。

「……やはり私の夢などではなかったのだな」

胸に顔を押し付け健（すこ）やかな寝息をたてる娘は、どうやら深く寝入っているようだ。

少年のように短いが、手入れの行き届いた艶やかな黒髪。白く滑らかな指先に、磨かれた爪。そして珍しい細かい織りの布でできた、初めて見る丈の短い服……。そのいずれもが、彼女がかなり高い身分の人間だろうことを示唆（しさ）する。

彼女は外部から侵入したわけではない。そんなことをすれば見張りの騎士が異変に気付くだろうし、真っ先に私が気が付く。

ならば、どうやってここに侵入したのか、なぜ私の身体の上にいるのか、疑問は尽きない。

一体このアリサという娘は何者なのか……？

「ん……」

身体の上でもぞもぞと動き始めた娘に目をやると、短いスカートから露わになった足が、私の太腿の間を割るように絡みつくところだった。

徐々に剥き出しになる娘の膝が、じりじりと上へ移動する。このままでは私の危険な領域に触れるのは、間違いない。

仕方なく私は娘を起こすことにした。

「おい、起きろ。いや、頼むから起きてくれ」

「……ん……」

何回目かの呼びかけで、黒い睫毛に縁取られた瞼がゆっくりと開く。なにかを探すように私の胸を弄る小さい手を捕まえると、ようやく娘の黒い双眸が私の姿を捉えた。

——その後、目覚めた彼女から話を聞いたところ、アリサは奴隷として毎日深夜まで働かされ、自由になるのは夜の短い間だけだと言う。

自分は生贄にされる身、今この時だけでも自由にさせてほしいと、泣くのをこらえるかのように私の胸に顔を埋める。気が付くと私はアリサの細い身体を抱き締めていた。

なんということだ！　この国に、いまだに人間を売買する卑劣な輩が存在するとは！　しかもこんなに若くてか弱い女性を生贄にするなど……許せん!!

しかし奴隷から解放してやるという提案に、アリサは悲しげに首を横に振る。

詳しくは語らないが、話の内容から、どうやら家族か仲間を人質にとられているのだろうと、察せられた。

クソッ、どこまで卑怯な真似を……！

「それではお前一人が犠牲になるではないか！」

だが、つい怒鳴ってしまった私に、アリサは静かに首を横に振る。

どこか諦めたような表情に私が一人深く憤りを感じていると、腕の中でなにやら考えていたアリサは顔を上げ、儚く微笑んだ。

だから私は言ったのだ、なんでも願いを叶えてやりたいと。

「……ねえ、願いを叶えるってなんでもいいの？」

「ああ、もちろんだ。カリネッラ皇国騎士団長シルヴェスタ・ヴェアヴォルフの名に懸けて、アリサの願いを全力で叶えると誓おう」

見慣れたベッドの上に、細い手足を投げ出したアリサが無防備に横たわる。

透けるほど薄い白いシャツに、膝までしかない短いスカート。さらさらとシーツに零れる黒髪から見える白い項は折れそうなほどに細く、露わになった白いふくらはぎと相まって妙に艶めかしく見える。

「シルヴェスタ……お願い」

「あ、ああ、わかった。だが無理だと思ったら、すぐ言ってくれ」

「ん……」

アリサの願い、それは疲れた身体を解してほしいという、なんとも慎ましいものだった。

特に肩が痛いと言って、こちらに向けた背中に触れた途端、私は思わず嘆息した。

石のように固まった肩と背中、そして腰。一体なにをどうしたら若い女性の身体がこんなにも凝り固まるのか、見当もつかない。

せめて身体の痛みくらい、なんとかしてやりたいものだ。そう考えた私はごくりと唾を呑み、慎重に細い首に手を置いた。

注意深く掌で首筋を包み、下から上へとゆっくりと手を動かす。生え際の所で、ピクンとアリサの身体が震えた。

「あ……ん、シルヴェスタの……おっきい……もっと、もっと強くして……」

「だが、これ以上力を入れては、お前の身体が」

「いいの……お願い……あっ、あっ、そこ、そこだめっ」

びくびくと身体が震える箇所を重点的に解したあとは、両肩と、そして背骨に沿って背中の凝った場所を探す。

不自然に固くなった筋を掌の付け根で押すと、痛みをこらえるような苦しげな息が赤い唇から漏れた。

「シルヴェスタ、痛いよ……優しくして……」

「ああ、すまない。……これでどうだ」

「んっ……あっ、そこ、気持ちいい……ね、もっと、もっと下も……触って」

「下……か、いいだろう」

眼下にあるのは、まろやかに盛り上がる柔らかそうな臀部。

その上のくびれを両掌で押し、中央から外へと手を滑らせると、面白いようにアリサの細い身体が跳ねる。

「あ……ん、シルヴェスタ、そこ……！」

「そうか、ここがいいのか。ではもっと気持ちよくしてやろう」

腰のくびれを掴み、両方の親指で背骨を挟むようにぐっと手に力を入れる。そして腰から首に向けて一気に指を滑らせた。

「や、それ、だめぇ！」

「我慢しろ。慣れればすぐによくなる」

「でも、でも……あっ、んん！」

何度もその動作を繰り返す。やがて緊張していた身体から力が抜けていくのがわかった。

掌の熱がひんやりと冷たかった肌に移り、まるで溶けるようにアリサの身体が柔らかくなっていく。

そしてそれと同時に己の下半身の一部が意図せず熱を持ち始めるのを、私は否応なく自覚していた。

「シルヴェスタの……すごい……」

「アリサ、お前は私を試しているのか？」

「ん……試すってなに……」

アリサは気が付いているのだろうか。

痛みをこらえて切なげに眉根を寄せる表情も、苦しげな吐息も、手の動きに合わせて震える身体も、そのすべてが狂おしいまでに私を魅了していることに。

顔を寄せ、立ち上る花のような芳香を思い切り吸い込んでから、眠りに落ちようとする耳に囁いた。

「……ゆっくり休め。アリサ……」

やがて静かな寝息が聞こえ始めると同時に、その身体はゆっくりと薄れ消えていった。

どういうからくりかは、わからない。

だが普通では起こりえない、なにか尋常ならざることが起きているのは確かだ。

そしてアリサには助けが必要なのだということも――

その翌朝、執務室の扉を勢いよく開けた私は、驚いたように顔を上げたマットとイアンに告げた。

「今日の鍛練は中止だ」

「は？」

「皇国騎士団は第一隊から第四隊まで、特別編成で城下町の捜索に当たる。スラム街はもちろん貴族街に至るまで、徹底的に探させろ。……奴隷商を狩るぞ」

第八話　乙女の貢ぎ物　シルヴェスタ視点

その日、執務を終え自室に戻った私は、疲れた身体をどさりとベッドに横たえた。

瞼の裏に浮かんでくるのは、ここしばらく私の心を占めているあの不思議な娘の姿だ。

前回アリサは言葉少なに自分は奴隷だと、生贄にされる身だと語った。

その証言をもとに奴隷商の捜索に全力を尽くしているが、今のところ有力な手がかりは掴めていない。

双眸を伏せ、私の胸に縋ったアリサ……

あの悲しげな姿を思い出すたびに、一刻も早く救出してやりたいと気持ちばかりが焦る。

「……アリサ、お前は一体どこにいるんだ？」

いかにして厳重な警備をかいくぐり、皇国騎士団寮舎の、しかも騎士団長の私のもとに現れるのか。

そして目の前で身体が透き通り、あっという間に消えていく奇怪な現象。

……もしやあれは神力と呼ばれるものではないだろうか。

神力とは女神に与えられた奇跡の力。神殿でもかなり高位の神官、今代では聖者の再来と呼ばれる若き神殿長のみが持つと聞く。

だが果たしてそんな力を持つ人間が、この世に二人といるのだろうか。

それではまるで我が国に古くから伝わる、あの伝承と同じではないか。

そこまで考えて自分の考えに苦笑いした私は、緩く頭を振った。

「ふ……この一件に神殿が関わっているなど……まさかな」


胸の上にのしかかる重み、そして鼻腔を擽る花の香りに目が覚める。

どうやら少しの間、微睡んでいたようだ。そろりと顔を動かすと、私の胸に顔を押し付けて眠る黒髪の娘が目に入った。

「……アリサ？　アリサか？」

「ん……」

そっと絹糸のような艶やかな黒髪を梳いていると、小さな手がなにかを探すように胸を這う。

　やがて目を開けたアリサは、私の手を握り嬉しそうに微笑んだ。

「……どうせなら、シルヴェスタがいい……」

「うん？　今なんと言った？」

「んー、どうせバレンタインにチョコをあげるなら、シルヴェスタにあげたいなって」

　チョコがいかなるものかは知らないが、笑みを浮かべて話す様子はいかにも楽しげだ。

　だが続く言葉に、一瞬で血の気が引いていく。

　チョコとは貢ぎ物の一種であり、バレンタインとはそれを好いた相手に捧げる日だという。

　しかし本来のバレンタインは生贄を捧げる日だと、しかもかつて命を捧げた殉教者の名が由来だと言うではないか！

　慌てて身体を起こし、アリサの肩を強く掴んで問い詰める。

　するとアリサはバレンタインの日、上の者に貢ぎ物を捧げなくてはならないのだと続けた。

　なんということだ！　若い娘に求める『貢ぎ物』など、その身体が目的だとなぜわからない？

まさか奴隷を集めているのは、貢ぎ物にするためか？

奴隷、生贄、貢ぎ物、聖者、そして殉教者……不穏な言葉が頭の中で渦を巻く。

落ち着いて考えろ。これらの言葉が導き出すものはなんだ？

まさかとは思うが、だがしかし……


「……ねえ、シルヴェスタは私のことどう思ってるの……？」

その時、静寂の中ポツリとアリサが呟く声が聞こえた。顔を上げると、こちらを見つめる漆黒の瞳が、ランプの光に潤んだように揺れている。

不安げに睫毛を瞬かせ今にも泣き出しそうな表情に、私は先程の会話を思い出す。

そうだ、アリサは『どうせなら、シルヴェスタがいい』と、『どうせあげるなら、シルヴェスタにあげたい』と、確かにそう言った。

――ドクン、と心臓が大きく脈打った。

躊躇うように彷徨っていた小さな手が、私の胸を強く押す。

押されるまま仰向けに倒れてやると、おずおずと軽い身体が上に重なった。

「ッ……、アリサ」

華奢な肩の線がよくわかる薄紅色のブラウスに、ふくらはぎが露わになった短い丈のスカートを纏ったアリサが、私を見下ろす。

先程までの少女のようなあどけない笑みからうってかわり、その口元には妖艶な笑みが浮かんでいた。

細い指が筋肉に沿って胸から腹へと移動するのは、恐らく無意識の行動なのだろう。だが下腹部にぴたりと押し付けられた太腿の柔らかな感触と、視界に入る胸の谷間の効果も相まって、痛いほど股間が昂ってくる。

……いっそ、このまま押し倒して……

いや待て、ここで手を出してはアリサを不当に扱っている人間と同じだ。私は衝動をぐっと抑えた。

悪戯するように這う手を捕まえて強く握ると、潤んだ瞳がじっと私を見つめる。柔らかな頬を撫で、唇の形を指で確かめる。

「アリサ、私はお前のことが……」

ゆっくりと開いた唇が、なにか言いたげに震え――明確な言葉をなす前に、アリサの姿は掻き消えてしまった。

「ふ……逃げられたか」

アリサのいなくなった部屋は、寒さを増したように感じた。

第九話　血まみれの足　シルヴェスタ視点

「まさか我が国にこんな卑劣な犯罪に手を染める輩（やから）がいたとは……信じられません」

「まったくだ。しかも若い娘ばかり狙いやがって！」

ガンッと拳（こぶし）を激しく机に叩きつけるマットの横で、腕を組み眉を顰（ひそ）めたイアンが報告書を見て深く息を吐く。

夜も更け、辺りの静まり返った深夜、我々三人は執務室で今日の報告書に目を通していた。

貴族街の一画に怪しげな男達が出入りする屋敷があるとの情報を得て、急遽（きゅうきょ）探索に向かった第二隊が違法な奴隷商を発見、捕縛（ほばく）したのは十日前のことだ。

救出されたのは年若い娘ばかり、総勢二十八名。

保護された娘達の話により、奴隷商の拠点が他にも複数箇所あることも発覚した。我々皇国騎士団は誘拐された娘達を救出するため、連日遅くまで捜索を続けていた。

「今日捕縛したのも末端に過ぎません。恐らく被害者の数はこれからも増えるでしょう」

「そうだな。今まで捕まえた奴らは、どう見ても下っ端だ。ったくどんだけ悪知恵が働くのか、胸糞悪いったらないぜ」

「団長、この際明日からの捜索は、近衛にも協力を要請したほうが……、団長？　どうかされましたか？」

訝しげにこちらを窺うイアンの声で我に返った私は、握りしめていた報告書を放して顔を上げた。

「ああ、そうだな。国外に逃げられる前に一気に片をつけたほうがいい。……あと被害者の中に黒目黒髪の娘がいないか、優先的に捜すように指示してくれ」

「……そうだよな。そのアリサって娘の話が今回の検挙に繋がったんだ。なんとしても助け出してやらねぇと、皇国騎士団の名が廃るってもんだ」

「その通りです。最優先事項として各隊に通達しましょう」

「……頼む」

日付が変わる頃にようやく自室に戻った私は、どさりと疲れた身体をベッドに横たえた。

明日に備え早く眠ろうと目を瞑るが、先程の報告書と連日救出される娘達の様子が頭から離れない。

前回アリサと会ってから、もう二週間が経とうとしている。

だが救出された娘達の中にいまだアリサの名前を見つけられないことに、日々言いようのない焦燥ばかりが募っていた。

思い浮かぶのは、私の胸に顔をつけ眠る安心しきった様子。そして私の胸を触り嬉しそうに笑った顔……

今こうしている間も、ひどい目にあっているのではないだろうか。

それともお前はまた自分一人が犠牲になればいいなどと、馬鹿げたことを考えているわけではあるまいな……？

そんなことを考えながら、どうやら少し微睡んでいたようだ。鼻を擽る甘い香りに気が付いて、私はふと目を開けた。

どこからか漂ってくる、懐かしいような濃密な花の香り。

これは……そうだ、確か艶やかな黒髪からもこんないい香りがしていたな……

「もしやアリサか!?」

勢いよく身体を起こし素早く辺りを確認する。

するといつの間にいたのか、ベッドの端に崩れるように伏したアリサの姿が目に入った。

慌てて抱き起こすと、彼女は少し驚いたように目を瞠り弱々しく笑う。

「アリサ！　おいアリサ、しっかりしろ！」

「……シルヴェスタ？」

目の下のひどい隈と落ち窪んだような眼窩、そして一層細くなった肩から、明らかに以前より衰弱しているのが見て取れる。

そういえば囚われていた娘達は一日二回、しかも粗末な食べ物しか与えられていなかったと報告書にはあった。

もしやと思い確認したところ、どうやらここ数日、碌に食事をとっていないようだ。

「待ってろ。すぐになにか食べるものを用意させる」

そう言ってベッドから立ち上がった時、背後で小さな悲鳴が聞こえた。

慌てて戻った私が見たものは、痛みを耐えるかのようにきつく目を閉じ、右足を庇って蹲るアリサと――赤く血に染まった小さな爪先だった。

あたかも締めつけるかの如く足に張り付く靴下を破いてやるが、アリサは大声を上げ抵抗する。悲鳴を聞き駆けつけた見回りの騎士達に食事と湯の用意を指示したあと、私はアリサの右足を、今度はそっと触った。

細かく震える足の様子から察するに、恐らく怪我とは別に足が攣っているに違いない。

痛みから気を逸らすように話しかけながら、私は慎重にふくらはぎの緊張を解した。

掌全体で覆うようにして、足首の少し上から膝裏までをゆっくりとさする。

何度もその動作を繰り返すうちに、氷のように冷たかった足が徐々に温かくなってくるのがわかった。

それにしても男の筋張った硬い足とは違う、なんと柔らかい足だ……それにこの白くなだらかに盛り上がるふくらはぎの感触は、まるで……

吸い寄せられるようにアリサの足に顔を近づけていた私は、入口から聞こえた声で我に返った。

「あ、あの、団長、お湯の支度ができましたが」

「ニール、そこに桶を置いたらもう下がっていい」

ベッドの脇に桶を置いたニールが一礼し、退出する。

私は俯せになったアリサを抱き起こして、枕に寄りかからせた。

くたりと背中を枕に預け、無防備にその身を任せる顔には涙の痕が光る。

まるで事後のようなしどけない姿に、私の欲がかきたてられていく。

今すぐにお前の涙を口付けで拭ってやりたい。攣った足も、いやいっそ全身を私の口付けで蕩けさせてやりたい……

いやいかん、今はそんなことを考えている場合ではない。

不埒な考えを頭から追い出し、念入りに怪我を確認する。すると両方の親指を除く、すべての指が細かく傷つけられていることがわかった。

足の甲には、なにかを押し付けられた痕がくっきりと残り、白く小さな指にこびりついた血と相まってなんとも痛々しい。

一体誰がこのような怪我をさせた？

逃亡防止の目的で足に危害を加えたのか、それともアリサ自ら足枷を外そうとした痕か？

手拭いで覆うようにしてそっと傷口を拭うが、赤く染まった小さな指は見るからに痛々しい。

恐らく布で触れるだけでも痛むに違いない。それなら……

慎重に小さな足を掌にのせ、指先をそっと口に含む。

冷え切った指先を温めるように舌で包み、緩んだ血を舐めとる。そして細い指の間まで、丹念に舌を絡ませてやる。

　ピチャピチャと、唾液の絡まる音が部屋に響いた。

「ちょ、ちょっとなにしてんのよ！」

　しばらくしてようやく自分の置かれた状況に気が付いたのか、顔を真っ赤にしたアリサは必死で藻掻き始めた。

　だが、そんな弱い力では私の指一本動かせまい。それにそのように足を動かしては、かえって男を挑発しているようなものだとわからないのか？　込み上げる笑いを噛み殺す。

「じっとしてろ。アリサ、お前自分の足が血だらけなのに気付いていなかったのか？」

　できればこのままゆっくり休ませてやりたい所だが、その前にこれだけは、はっきり聞いておかねばならない。

　ぐっと眉間に力を入れ、足の指を舐めながら、怪我の理由を尋ねると、アリサの口から語られたのは驚愕の内容だった。

　今日は滅多にない祭りの日で、客をもてなすために、アリサは外出したのだと言う。

　祭りだと？　ではやはりアリサを捕らえているのは神殿の関係者か！　しかも普段は外に出られないということは、神殿の奥深くに囚われているのか？

思わぬ収穫に細い足首をしっかり握り直し、注意深く質問を続ける。

「普段は外に出られないとは？」

私は丹念に舌でねぶった。私の掌に収まる小さな足は、爪先からかかとに至るまで、とても柔らかい。アリサの言う通り、普段はあまり歩かないのだろう。

だからこそ、傷つけられた指が痛ましい。

「あっ、普段は内勤って、その、室内でのお勤めだし、やんっ、わ、私はあの中だと若いし、女性のほうが受けがいいから、今回はお鉢が回ってきて」

お勤めとは神殿の巫女の奉仕を指す言葉だ。前回得た情報と照らし合わせても、アリサが神殿の関係者であることは間違いないだろう。

「そうかお勤めか……」

更に詳しく話を聞いていたところ、『拷問』なんていうとんでもない言葉が飛び出し、思わず根元まで咥えていた親指を強く吸ってしまう。その途端、アリサの身体が大きく跳ねた。

「シルヴェスタ、だめぇっっっ！」

背中をしならせ甲高い声を上げながら、突然力を失った身体が、ぐったりと枕に倒れ込む。

それと同時に透けていく身体を捕まえようと、私は咄嗟に手を伸ばした。

「待て！　アリサ！」

だが開いた掌は、アリサの消えた空間を虚しく掴んだだけだった。

「……待っていろ。必ず私が助けてやるからな……！」


翌日の早朝、城の裏庭には奴隷商の一斉捜索に向かう皇国騎士団の騎士達が集合していた。

その場に私が姿を現すと、騒然としていた場は一転、水を打ったように静まり返る。

こちらを振り返ったマットが息を呑んだのがわかった。

「お、おいシルヴェスタ、そいつは……」

「マット、今日が正念場だ」

私が身に纏っているのは、金色の甲冑。十年前の戦以来、倉庫の奥深くに封印していた、我がヴェアヴォルフ家に代々伝わる鎧だ。

冑の前を上げ、立ち並ぶ騎士達に声を張り上げた。

「皆よく聞いてくれ。違法な奴隷商と神殿関係者が繋がっているとの情報を得た。よって今日の捜索は神殿に変更する」

「神殿だと？　おい、それは……！」

「大丈夫だ。なにかあればすべて私が責任を取る。お前もついてきてくれるな？」

「……チッ、そういうとこは昔と全然変わってねえな」

ぼりぼりと頭を掻いていたマットは、やがて頭を一振りしてうしろに立つ騎士に指示を出した。

「おいそこのお前、倉庫から銀の鎧を持ってこい！　お前等今日は気合い入れろよ！　皇国の守護神の復活だ！」

――次の瞬間、中庭には男達の野太い咆哮が響いた。

第十話　鬼の騎士団長　騎士マルチネス視点

この国カリネッラには二つの騎士団が存在する。

一つは高位貴族の坊ちゃん達が所属する、近衛騎士団。

そしてもう一つは、俺みたいな貧乏貴族や腕に自信のある平民が所属する、皇国騎士団だ。

近衛騎士団が陛下を警衛する直属の騎士団なのに対し、皇国騎士団は王都の警備が主な役割だ。

だから俺達皇国騎士団は、市民の間で絶大な人気を誇り……と言いたいところだけど、実は人気があるのは近衛騎士団のほうだったりする。あいつらみんな顔がいいしな。しょうがない。

そんな俺達皇国騎士団の名物騎士団長に、最近一つの噂がある。

伝説の黒髪の乙女が団長のもとに現れ、宣託を授けたという噂だ。

その噂が真実だと確信したのは若手騎士の勤めである、月に一度の騎士団寮巡回当番の夜だった。

日中は騒々しい寮舎が静まり返った深夜、団長の部屋のある最上階を巡回していた俺とニールは、微(かす)かな悲鳴を聞きつけて駆けだした。

「団長、どうしました！　ご無事で……だ、団長？」

抜き身の剣を手に扉を勢いよく開けた俺達が目にしたのは、ベッドの上で華奢(きゃしゃ)な少女を組み敷く団長の姿だった。

「いたいいたいいたいいたいっ！　嫌だ触らないで！」

「アリサ暴れるな。靴下を脱がしているだけだ。怖がる必要はない」

「いやぁ、やめて！」

少女の足と変わらないくらいぶっとい腕が、容赦なく彼女が身につけているものを破いていく。

その凄惨な光景に、俺達は思わず息を呑んだ。

いやいやいやいや、団長、あんたその顔で靴下脱がしてるだけとか言っても、誰も信じないから！

つーか騎士団寮で女の子になにしてんの？　その子、怯えて泣いてんじゃん！　どう見ても犯罪だから、それ！

だが一歩前に出た俺達は、団長のいつにも増して鋭い視線に動きを止めた。

え？　もしかして俺達邪魔ってこと？　それとも口裏合わせて黙ってろって意味？

訳がわからず首を傾げる俺の横で、ニールはおずおずと口を開いた。

「だ、団長、あの、その方は……？」

「二人共いい所に来た。マルチネスは食堂に行って食べるものをもらってきてくれ。消化のいい食べやすいものがいいだろう。ニールはお湯を頼む。彼女の足を清めてやりたい」

「「は、はい！」」

急いで部屋から出た俺達は、廊下に出て扉を閉めた途端互いの顔を見合わせた。

「な、なあニール、今のって……」

「ああ、マルチネスも気が付いたか？　あの方がきっと例の黒髪の乙女なんだろうな」

「え？　あの子が!?」

黒髪の乙女、それは最近騎士団員の間で噂になっている、不思議な力を持つ少女のことだ。

事の発端は、約一か月前に遡る。なにを思ったのか、団長は突然奴隷商の摘発を命じたのだ。

最初その話を聞いた時、正直に言って俺達騎士団員は半信半疑だった。

平和な我が国に、そんな卑劣な犯罪人がいるわけないと思ってたしな。

だから実際に奴隷商が見つかった時は、きっと女神様がシルヴェスタ団長に乙女を遣わして、奴隷商を捕まえるように宣託を授けたんだろうと話していた。

団長こそが正しき者で、その少女は『黒髪の乙女』なんだろうと。

「そうか、あの子が！　そういえば確かに髪は黒かったな」

「ああ。それにあの足を見たか？　ひどい怪我だった」

「は？　怪我？」

「両足の先が血に染まっていた。それになにか枷を付けられていたような痕もあった」

枷？　そうか、俺からは見えなかったが、団長は足枷を外すためにあんなことをしていたのか！

「そうか、そうだったのか、よかった、俺はてっきり団長があの女の子を無理やり……。おい、だが待てよ、黒髪の乙女がここにいるってことは、俺達の知らない所で彼女は無事救出されてたのか？」

「それはわからないが、今はとにかく指示通りに動こう。俺は湯を取りに行く」

「あ、ああそうだな、俺も食いもん探してくるわ」

　そして厨房から急いで戻った俺が見たものは、なぜか途方にくれたように中の様子を窺うニールと、薄暗い部屋の中で一人ベッドの前に佇む団長の姿だった。

「あ、あの、シルヴェスタ団長？」

「……ああ、マルチネスか。レザンの実を持ってきてくれたのか」

　俺の声に振り向いた団長は、レザンの入った籠をじっと見つめた。そして籠を受け取り、房からレザンを一粒もぎ取って、静かに口に入れた。

「……甘いな。アリサに食べさせてやりたかった」

「シルヴェスタ団長、その、先程の女性は……」

そう言いかけた俺は、団長の顔を見て思わず声を呑んだ。

今にも人を殺しかねない恐ろしい形相に、ギラギラ光る血走った目。レザンの籠を持つ腕の盛り上がった筋肉と、張りつめた血管――

「……二人共今日は助かった。明日は早い。よく休むように」

「「は、はいっ！」」

怒りを押し込めた低い声に、俺とニールは逃げるように部屋をあとにした。


その翌朝、ヴェアヴォルフ伯爵家の紋章である狼が彫られた金色の甲冑を纏って現れたシルヴェスタ団長は、俺達に向かって衝撃的な言葉を告げた。

「皆よく聞いてくれ。違法な奴隷商と神殿関係者が繋がっているとの情報を得た。よって今日の捜索は神殿に変更する」

団長の言葉に、騎士達は水を打ったように静まり返った。そんな中、俺は隣のニールに小声で話しかけた。

「なあニール、これってかなりヤバいんじゃねえのか」

神殿は王家に匹敵する力を持つと言われ、王族ですら許可なく立ち入れない、特別な場所だと聞く。

「ああ。もしかしたら昨日見た黒髪の乙女は、新しい宣託を団長に伝えに来ていたのかもしれないな」

「だがよ、神殿だぜ？　神殿が奴隷商と繋がってるなんて、そんなことありうるのか？」

「そうだよな……」

怒号と歓声で前庭が沸く中、俺とニールだけが得体の知れない不安に口を閉じていた。

――その時感じていた俺の不安は、間もなく的中することになる。

第十一話　不穏の兆し　シルヴェスタ視点

鏡のように磨かれた大理石の床の上に、入り口から一直線に敷かれた深い緋色の絨毯が続く。その一番奥に玉座が配されたここは、謁見の間。

「……それでシルヴェスタ、此度の神殿への立ち入りの件、いかに落とし前をつけるつもりじゃ？」

玉座の前に控える宰相のホーエンローエが、白い髭を撫でながら、じろりとこちらをちら睨む。その横で皇太子のアーノルド殿下も美しい顔を歪ませ、苦渋の表情を浮かべこちらを見ていた。

「シルヴェスタ、神殿からは厳重な抗議が届いています。次に待っているのは恐らく査問会、下手をすれば皇国騎士団長を罷免されかねない。いくら貴方がかつての救国の英雄であろうと、私達が庇うのも限度があるのです。……それほどまでに相手が悪い」

「まったくもってアーノルド殿下のおっしゃる通り。それでなくてもここ数年、神殿派は着実に勢力を伸ばしておる。最近は近衛と癒着しているという噂まであるのだ。相手につけ入る隙を与えてどうするつもりじゃ」

「……申し訳ありません」

宰相のホーエンローエは、私が騎士団に入団して以来、ずっと目をかけてくれた恩人だ。そして皇太子であらせられるアーノルド殿下は、畏れ多くも幼い頃より私を師と慕ってくださっている。

そのお二人にこんな顔をさせている自分が、なんとも不甲斐ない。だがそれ以上に心苦しいのは……

「シルヴェスタよ、私にはまだお前の力が必要なのだ。その誘拐された娘の救出とやらは、本当に自分の首を懸けてまですべき事柄か？　大局を見誤るな」

ホーエンローエ宰相とアーノルド殿下を従え、玉座に座るカリネッラ皇国の皇帝ヘンリー陛下の重く苦味を含んだ声が、広い謁見の間に響く。

私はひたすら顔を伏せ、足元の絨毯をじっと見つめていた。


その夜、自室に戻った私は、ベッドの上で昼間行われた謁見の様子を思い出していた。

「大局を見誤るな、か」

「ん……」

腹の上の微かな身じろぎに顔を向けると、私の胸に顔を押し付けるようにアリサが身体を丸める。

頬にかかる黒髪の房をそっと耳にかけてやると、擽ったかったのか小さく鼻に皺を寄せた。

あの足の負傷より十日あまり経つが、ここ数日アリサは毎晩私のもとに現れる。

だが今までの様子とは違い、その表情は苦しげに歪み、時折縋りつくように身を捩る。

そしていくら声をかけても目を覚ますことはなく、わずか半刻にも満たない間にふたたび姿を消してしまうのだ。

「一体お前に、なにが起きているのだ？」

――最近一部の騎士達が、アリサのことを『黒髪の乙女』と呼ぶようになった。

確かに突如として私の部屋に顕現する不思議な存在。その証言により、何人もの罪なき女性を救うことになった経緯は、神話に出てくる女神の宣託を授ける『聖なる乙女』と酷似している。

アリサは明らかに世俗に疎い。

皇国騎士団の鬼と呼ばれる私を知らなかったのもそうだし、騎士服の胸にある団長記章や、この部屋の高価な調度品に一切関心を示さない様子。

手入れの行き届いた美しい髪や肌と、高価な衣装。

そして男の欲に無知なあどけなさ。

これらの振る舞いは、アリサが世俗と離れた環境にいる証拠と言える。

だがなにより特殊なのは闇夜の如き髪と瞳の色と、彼女の持つ不思議な力――神力だ。

恐らくその力を秘匿するために、アリサは囚われているのではないだろうか。

連日の奴隷商の摘発で、神殿は我々の動きに敏感になっているに違いない。

アリサにわざわざ足枷を付けたり怪我をさせたのは、逃亡を警戒しているのだろう。

最近のアリサの様子から察するに、悠長なことをしている暇はもうないように思える。

もしかしたら、生贄にされる日が間近に迫っているのでは――

『シルヴェスタよ、大局を見誤るな』


頭の中にヘンリー陛下の重々しい声が、ふたたび響く。

私はどうするべきなのか……。窓の外を眺めながらそんなことを考えていると、アリサの頭を撫でていた私の手が、ふいに強く握られた。

「起きたのか？」

上から覗き込むと、淡く笑みを浮かべたアリサは猫のように頬をすり寄せた。

「無理に起きなくていい。そのまま寝ていろ」

「うん……」

「可哀想に、こんなに疲れて。……頑張っているのだな」

「ん……へへ……シルヴェスタ……っぱい、すき……」

「……っ！　アリサ、私は……！」

想いを告げようと口を開くが、すんでの所で言葉を呑み込み、強く奥歯を噛みしめた。

だめだ。今のままでは想いを告げる資格などない。すべてはアリサを無事救出してから。……それからだ。

私は白く滑らかな頬に唇を落とし、眠る身体をそっと抱き締めた。

「…………ゆっくり休め」

「……ん……」

待っていろ、必ずやお前を助けてみせる。そして無事、お前をこの手に迎えたその暁には……

うっすらと身体が消え始めたアリサに、私は心の中で強く誓った。

そしてその翌日、事態は急変する。

深夜いつものように自室に戻った私は、扉を開けた途端に異変に気が付いた。

部屋中に立ち込めるのは噎せ返るような甘い香りと、湿った気配。

――敵か？

咄嗟に腰を落とし剣の柄に手をかけ、目を細めて暗い部屋の様子を窺った。

人の気配はない。だがこの湿った空気と匂いはなんだ？

思い出せ。確か以前どこかで嗅いだ記憶がある。この熟した果実のような甘ったるい匂いは…………そうか!!

あることに思い至った私は、慌ててベッドへ駆け寄った。

「アリサ？　アリサ、どこだ！」

皺一つなく整えられたベッドに人がいた形跡はない。ぐるりと部屋を見回し、残る浴室のドアを勢いよく蹴破る。

「アリサッ!!」

そこにいたのは空の浴槽の中、ずぶ濡れの状態で倒れ伏すアリサだった。

第十二話　男達の密談　シルヴェスタ視点

「おいシルヴェスタ、今日予定してた例の奴隷商の尋問だが、もし立ち会うんなら人員配置を換えたほうがいいんじゃねえか？」

「ああ、わかった」

「あとな、神殿の件で厳重注意っつーか抗議がきててよ。やっこさん、どうしてもお前に直接謝罪させないと気が済まねえみたいだぞ」

「ああ、わかった」

「なあ、俺の話を聞いてるのか？」

「ああ」

「……なあシルヴェスタよ、さっきからイアンがすっげー目つきでお前を睨んでるぞ？」

「ああ、そうか。……イアンが？」

先程から考え事をしていた私は、イアンの名前にふと顔を上げた。

だがそこには書類を前にひたすらペンを滑らせる本人と、こちらを見てニヤニヤと笑うマットの姿があった。

「マット副団長、それは心外です。今の私に誰かを睨むような暇があるように見えますか？」

「見えるわけねえわな。つーかシルヴェスタよ、そんなに気になるんなら、嬢ちゃんの側についててやりゃあいいじゃねえか。どうせ仕事も手につかねえんだからよ」

「……すまない、二人共」

全身ずぶ濡れのアリサを発見したのは、一昨日の深夜のことだ。

急いで医師を呼んだところ、強い酒精とベッシュを摂取したあと、どこかで溺れたのではないかとの見立てだった。

『幸いなことに、水はそんなに飲んでいないようです。ただ強い酒精と、あとその、恐らくベッシュの影響で昏睡状態に陥っていると思われます』

『ベッシュか……』

我が国では新婚夫婦の枕元に欠かせないこの果実は、穏やかな催淫作用を持つ。部屋中に立ち込めていた濃厚な香りから察するに、恐らく彼女は大量にベッシュを摂取したはずだ。――否、摂取させられたのではないだろうか。

大量の酒とベッシュ、そして全身ずぶ濡れの状態。これらの状況を踏まえると、アリサは生贄として泉に捧げられたのかもしれない。

それとも、もしや例の貢ぎ物を拒否して、自ら泉に身を投げたのか……？

込み上げる憤怒を押し殺し、奥歯を噛みしめながら質問をする。

『他になにか……性的暴行を受けたような痕跡はあるか？』

『それは大丈夫です。ご安心ください』

『そうか、ご苦労だった』

『またなにかありましたら、いつでもお呼びください』

『シルヴェスタ様、お支度が終わりましたので、私も失礼いたします』

『ああ、助かった』

頭を下げた医師に続き、城から手配した侍女も部屋を退出していく。

女性の身支度などわからないので侍女を借りたが、あの怯えた様子だと、彼女の口からアリサの存在が漏れるのは時間の問題だろう。なにか対策を講じておく必要がある。


「おいシルヴェスタよ、聞いてんのか？」

「……いや、すまない。なんの話だったろうか」

「だからよ、あの嬢ちゃんの話さ。まさか『黒髪の乙女』が本当に実在するとはな。てっきりお前の妄想の産物かと思ってたぜ」

じろりと睨みつけると、マットは気まずそうに頭を掻いた。

「だがよ、嬢ちゃんはどっかから逃げ出してきたんだろう？　だったら、ここにいるのがバレたら不味いんじゃねえか？　どこに匿うつもりだ？」

「マット副団長、それをおっしゃるなら医師を呼んだ時点で、黒髪の乙女の情報は漏れていると思われます。診療記録が上がってますから」

「そうだろうな」

「おい待てよ、お前それをわかった上で医師を呼んだのか？」

「この寮舎は人の出入りが多い。いつまでもアリサの存在を隠し通せるものではないだろう。陛下にはすでに報告済みだ」

「ったく相変わらず頭が固いな。わかってんのか？　それじゃあ、まるで……」

マットとイアンの含みのある視線が刺さる。だがそれに気が付かない振りをして、私は話を続けた。

「……問題はいつアリサが目覚めるか、だ」

「そうですね。いっそ目が覚めないほうが、ここで匿い続けるのは簡単なんですが」

確かにここは皇国騎士団の寮舎だ。下手な場所に隠すより余程安全な砦だろう。だが、いつまでもここに隠しているわけにもいくまい。

神殿がどう出るか、そしてアリサが目覚めた時、私は一体どうするべきか……

「いっそ仮病でも使って寝込んだフリをさせとくか？　そうすりゃ、ずっとお前の部屋にいられるじゃねえか」

「はあ？　貴方はなにを言ってるんですか、まったく」

「だってよ、女の体温を上げるなんて簡単だろう。こう、やることをやって可愛がってやりゃあよ、頬も赤くなるし目も潤んで最高じゃねえか」

「マット副団長、黒髪の乙女に対して失礼ですよ。団長も黙ってないで、なにかおっしゃってください」

「……いや、その案は意外にいいかもしれん」

「はあ?」

「……は?」

――そしてそれからほんの数時間後、目を覚ましたアリサにその案を実践することになろうとは、この時の私は想像もしていなかった。

第十三話　目覚めたら筋肉パラダイス

「んー……、よく寝た!」

瞼(まぶた)の裏に眩しい光を感じて、久しぶりにぱっちりと目が覚めた。

こんなにぐっすり眠ったのって、一体どれくらいぶりだろう。寝過ぎたのか、身体が固まって腰が痛いくらいだ。

そんなことを考えながら機嫌よく身体を起こした私は、その時初めて自分が見知らぬ部屋にいることに気が付いた。

綺麗な装飾の施された壁にぐるりと囲まれた部屋は、大きな窓から、さんさんと陽の光が射し込む。

豪華なんだけどなぜか味気ない部屋に置かれているのは、どこか見覚えのある特大ベッドだ。

「ええっと……私、どうしたんだろう？」

確か私は家に帰って、お風呂に入ってたはずだよね。

記憶が曖昧だけど、このスッキリした目覚めと疲れの取れ具合からして、酔っ払いながらもちゃんとベッドに入って寝たんだろう。うん、お持ち帰りされたわけじゃない。きっと大丈夫。

じゃあ、もしかしてこれはいつもの夢？　自分では起きたつもりだったけど、実はまだ寝てるとか、そういうオチ？

「でもシルヴェスタがいないバージョンって、今までなかったよね？」

違和感に首を傾げつつ、ベッドから出ようと身体を起こす。すると目に入ったのは、私が持ってるはずのない真っ白なレースのついたネグリジェを纏った自分の身体。

「……うん、ありえない。やっぱこれ夢だわ」

ふるふると頭を振りながらベッドから下りて窓に向かい、分厚くて歪んだガラスの嵌まった窓を押し開けた。

抜けるような青空からは、暖かな日差しが惜しみなく降り注ぐ。

目の前にそびえ立つのは、まるでヨーロッパの古城のような優雅な佇まいのお城。

真っ白な城壁に反射する光が目に眩しい。

物珍しさに外を観察していると、やがて他とは趣の違う実用的な二階建ての建物と、その前の広場にいる逞しい男達の集団を見つけた。

どうやらさっきから聞こえてる野太い声の主は、こいつらのようだ。

訓練なのか上半身を剥き出しにして見事な胸筋を晒す男達が、掛け声に合わせて剣を振る。

ひとしきりその様子を眺めていた私は、その中に特に目を引く男がいるのに気が付いた。

赤い髪を短く刈ったその男は、服を着ていてもわかる見事な上腕二頭筋と分厚い胸板を持っている。長く伸びた足までも逞しく、がっしりとした筋肉で覆われているのが見て取れる。

「うわ、あの人すっごい好み……って、あれ？　もしかしてシルヴェスタ？」

初めて見る詰め襟のような黒い衣装は、騎士の服だろうか。

それを着こなしたシルヴェスタは、ベッドの上でのラフな様子とは打って変わって凛々しく、精悍に見える。

そして訓練を見守る真剣な表情に、目を奪われる。

「そういえば、シルヴェスタは騎士団長だって言ってたっけ……」

騎士団長って、きっと騎士の中で一番偉い人だよね？

え、待って、つまり私はそんな偉い男をベッドにしてたってこと？

しかもあの剣を握る大きな手でマッサージしてもらって、足が攣った時はあの口で丁寧に舐められて……

思わずごくりと唾を呑んだ音が聞こえたわけではないと思うけど、その時タイミングよくシルヴェスタがこちらを振り向いたのが見えた。

その鋭い目で睨まれた気がして、私は咄嗟にその場にしゃがみ込んだ。

ヤバい。

これはマジでヤバい。

理想の筋肉を持った理想の顔の男が、服を着て動いてる……！

いくら夢とはいえ、あんな私の性癖の塊のような男、絶対卑怯！　不機嫌そうな男くさい顔も、見事な筋肉で覆われたごっつい身体もツボ過ぎる！

しかもシルヴェスタって、あんな怖い顔しておきながら、実はすっごい優しいんだよ？

ギャップ萌えって、かなりヤバくないか？

ああもう、この夢は私を萌え死にさせる気か！

「はっ！　もしかしてここは筋肉天国？　ということは私、死んだ？　昇天しちゃった!?」

そんな馬鹿なことをぶつぶつ呟いていると、突然ノックの音と同時にドアが開いた。

「黒髪の乙女様？　大丈夫ですか!?」

部屋に入ってきた若い男が、慌てたように駆け寄ってくる。

あまりの勢いに思わず身体を竦めると、男は困ったように立ち止まった。

恐らく同い年か年下か。なかなかいい筋肉を持っているのは認めよう。

でも誰だよ、お前！　いくら夢とはいえ、知らない男に軽々しく触られるのは真っ平ごめんだ！　ていうか黒髪の乙女って誰だよ、それ！

距離を取ろうとじりじりと後ずさりしていると、男の背後から聞き覚えのある低い声が響いた。

「おいニール、ここでなにをしている？」

現れたシルヴェスタに駆け寄った私は、どさくさに紛れて逞しい胸に思いっきり飛び込んだ。

「シルヴェスタ！」

「団長、こ、これは……！」

するとトニーが言う。が、私を抱き締めたシルヴェスタは、くるりと男のほうに向き直った。

「ニール、アリサが怖がっているぞ。一体なにをした？」

「団長、黒髪の乙女様は床の上に倒れていらっしゃったのです。ですから、それをお助けしようとしただけです」

「なに？　アリサ、大丈夫か？」

顰めた眉の下にある赤い瞳が、心配そうに私を覗き込む。

間近で見る瞳は、まるでルビーみたいな綺麗な赤。思わずぼーっと見とれてしまった私は、我に返ると、真っ赤になった顔を隠すようにシルヴェスタの胸の谷間に顔を押し付けた。

いや、だってむちゃくちゃ格好いいんだよ、この人。昼間に見ると破壊力半端ないんですけど！　こんなん照れるでしょ！

「だ、大丈夫。ちょっとその、びっくりしただけだから」

「……アリサ、自分がここに来た時のことを覚えているか？」

「ここに来た時？」

「ああ。覚えている最後の記憶を教えてほしい」

なぜだかすごく真剣なシルヴェスタの声に、急に空気が張りつめる。

「最後の記憶って言われても……」

ええと、覚えてる最後の記憶って、昨日の夜だよね？

昨日は会社を定時であがって、近くの居酒屋で年度末の打ち上げをした。

飲み放題コースだからって、みんな遠慮なく飲みまくったんだよね。

かくいう私も最初はビールから始めて、各種サワーを一通り試したっけ。カクテルも頼んで……、そうだ、今流行のエナジードリンクを使ったカクテルなんてのも飲んだ。

桃の味で美味しかったんだよね。

「昨日は上司も含めて、みんなでお酒を飲んで……ちょっと飲みすぎたのは覚えてる。でも、そのあとはちゃんと自分の部屋に戻ったはずだけど」

「アリサ、酒は自分から飲んだのか？　それとも無理やり飲まされたのか？」

「え？　もちろん自分から飲んだよ。無理やりってそんな。……でも、どうして？」

思い出しながらそう説明すると、背中を支える腕にぐっと力が入った。

「……ショックを受けるかもしれないが、落ち着いて聞いてくれ。アリサは一昨日(おととい)の夜、ずぶ濡れの状態で私の部屋に現れた」

「ずぶ濡れ？　私が？」

「ああ。医師の話だが、なにかよからぬものを飲まされていたようだ。今の話から推察すると、恐らく酒に混ぜられていたのだろう。そして酒を飲んだあと、どこかで溺れたのだと思われる」

「溺れたって、そんなまさか……」

「……つまりアリサは酒で昏倒させられたのち、生贄(いけにえ)としてどこかの泉に捧げられた可能性が高い。だが、なにも案ずる必要はない。暴行の痕跡(こんせき)はなかった。それは医師が……」

「ちょ、ちょっと待って！」

回された腕を思わず振りほどいた私は、うしろに下がった。

シルヴェスタの眉間には恐ろしいほど深い皺(しわ)。そして背後に立つ若い男も、まるで痛ましいものでも見るような顔をしていた。

「……一体なんの話をしてるの？」

第十四話　膝上あーんはテンプレです

「……つまり私は生贄（いけにえ）にされるため神殿に囚われたん……っ、奴隷、で」

「ああ、そうだ。ほら、もっと口を開けろ」

「む、んっ……、それで、黒髪の乙女って呼ばれてる……って」

「その通りだ。ほらこれも……」

「んんっ……ちょ、ちょっと待ってよ、シルヴェスタ！」

目の前に差し出されたレザン、と呼ばれる葡萄（ぶどう）のような食べ物を持つ手を押さえてジロリと睨（にら）んだのは、すごく至近距離から覗（のぞ）き込む赤い瞳。

「事情はわかった。でもこれ、シルヴェスタの膝の上で聞く必要ってあるの？」

「む、それは……」

私が今いるのは団長執務室とかいう、やたらと大きな机がどんと鎮座する豪華な部屋だ。

そして椅子に座るシルヴェスタの膝に子供みたいにのせられた私は、さっきから休む間もなく葡萄を口に入れられている最中である。

先程の、若い騎士を含めた三人の奇妙な膠着状態を破ったのは、静まり返った部屋に突然鳴り響いた私のお腹の音だった。

そして恥ずかしさのあまりお腹を押さえた私を抱き上げて、シルヴェスタは有無を言わさずこの執務室に連れて来たのだ。

「目を離した隙にお前が消えてしまわないか、不安でしょうがないのだ。アリサ、私の膝の上は不満か？」

「うっ……そ、それは……」

眉尻を下げた初めて見る不安そうな表情に、つい口ごもる。

するとふっと目元を緩めたシルヴェスタは、ふたたび葡萄を差し出した。

「さあ、腹が減っているのだろう？　遠慮せずにもっと食べるといい」

「んっ、ちょ、ちょっとシルヴェスタ……！」

「ところでアリサ、体調はどうだ？　本当ならベッドで安静にしていたほうがいいのだろうが、今日はどうしても外せない仕事があってな。疲れたらソファに横になるといい」

太い指から葡萄を奪った私は、逆にシルヴェスタの口に突っ込んだ。

「はい、シルヴェスタも食べて。……っていうか、私のほうこそ仕事の邪魔じゃない？

膝にいたら重くないの？」

「ふっ、アリサ一人抱えるくらい苦にもならない。私の甲冑より軽いくらいだ」

「ふーん、まあそれならいいんだけど」

　さっきからの話を纏めると、どうやら私は夢の中で『生贄として女神の泉に捧げられたが命からがら逃げ出し、奇跡的に死の淵から生還した奴隷』というポジションを与えられているらしい。そして役柄名は『黒髪の乙女』なんだそうだ。

　正直乙女って柄じゃないし、突っ込みどころは満載だけど、至極真面目にそう言うんだからしょうがない。

　ここは一つ黒髪の乙女とやらの役になりきって、全力で雄っぱいを堪能してやろうじゃないか！

　ずっと年度末の処理で忙しくて、碌に寝る暇もなかったんだ。夢の中でくらい誰かに甘えたって問題ない！　私を膝の上にのせてくれる男なんて、現実には存在しないんだからさ！

　奪った葡萄を次々とシルヴェスタの口に入れながら、私はまじまじとその姿を観察した。

　明るい場所で見るシルヴェスタは、ベッドの上のラフな姿とはまた違う魅力に溢れている。

重厚な机に向かって黙々とペンを走らせる姿は、仕事のできる男感が半端ない。それに、なによりこの騎士服というのが堪らない。

丈の短い黒の詰め襟の上着には、凝った作りのシルバーのボタンが縦一列に並び、よく見ると襟と肩、そして袖の部分に同色の糸で細かい紋様の刺繍が施されている。

これだけの筋肉だと大抵どこかがきつそうに見えたりするものだけど、こんなに綺麗に身体のラインが出てるのは、余程仕立てがいいんだろう。

そっと視線を滑らせて、服の下の逞しい筋肉を思い浮かべてみる。

ぶっとい首を支える僧帽筋と、見事に盛り上がった肩の三角筋は、あんな重そうな剣を振るうからだろうか。

そして大好きな逞しい雄っぱいと、綺麗に割れた腹筋。

お尻の下にあるちょっと座り心地の悪いごつごつした感触は、鍛え抜かれた大腿四頭筋……

「おい、どうした」

葡萄を片手にそんなことをぼーっと考えていると、シルヴェスタは私の手を掴んで指先をペロリと舐めた。

「ふえっ⁉」

「大丈夫か？　気分でも悪いのか？」

さも心配そうに間近から覗き込むその瞳は、純粋に私を心配する色で溢れている。それはまるで保護者のような……って、あれ？　もしかして私、子供扱いされてる？

よく考えるとシルヴェスタが積極的になったのって、一番初めの男だと間違えた時だけ……？

嫌な予感に顔を顰めると、眉根を寄せたシルヴェスタは私の額に手を当てた。

「どうした頭痛か？　それとも熱がまた上がったか？」

「……ねえ、聞きたいことがあるんだけど」

「うん？　どうした？」

額を覆う手をそっと掴んで頬をすり寄せる。それから上目使いでシルヴェスタを見つめた。

「アリサ？」

「私って、シルヴェスタにとって一体……」

「おいシルヴェスタ、ちょっと不味いことになったぞ！」

その時、大きな声と共に部屋に入ってきた男を見て、シルヴェスタは溜息を吐いて私の頬から手を離した。

「……チッ」

シルヴェスタに負けず劣らずいい筋肉をした金髪の男は、膝の上にいる私を見て、驚いたように目を瞠った。そして足早にこちらにやってきて、豪快に私の頭を撫でた。

「おお、嬢ちゃん気が付いたのか！　うん、すっかり顔色もいいようだな。いやー、それにしても本当に髪も瞳も真っ黒なんだな！」

「おいマット、アリサに触るな」

シルヴェスタが男の手を強引に払いのけると、男はニヤニヤと胡散臭い笑みを浮かべた。

「んだよ、ようやく幻の黒髪の乙女を拝めたんだからよ、ちょっとくらい触らせてくれてもいいじゃねえか」

「だめだ。アリサが穢れる」

「なんだそれ、一体どういう意味だよ。って……いや、こんなことしてる場合じゃねぇんだわ」

「どうした、なにかあったか」

急に居住まいを正した男は、一転真剣な顔で私とシルヴェスタを交互に見つめた。

「黒髪の乙女の存在が神殿にバレた。――呼び出しだ。黒髪の乙女並びにシルヴェスタ、査問会だ。早急に謁見の間に出頭せよだとよ」

第十五話　予告されたキス

「そうか。思ったより早かったな」

「奴等、相当焦ってんじゃねえのか。それになにを考えてんだか、謁見の間の警護を全部白の連中にさせようとしやがってよ。面倒くせえから強引に黒をぶち込んでやったがな」

「ふむ……、どうやら白の中に神殿と通じている人間がいるのは、間違いないようだな。それにしても奴等、なにを企んでいる？」

「さあな。あちらさんで乙女を保護したいんじゃねえか？　今、イアンが向こうの文官室に探りを入れに行ってる。なにか上手く情報を聞き出せるといいんだがよ」

「そうか、それではこちらも手を増やして……」

突然、頭の上で始まった不穏な会話に、私は思わず顔を顰めた。

話の流れからすると、この口の悪い金髪の男はマットという名前らしい。

年齢はシルヴェスタと同じくらいか、こいつも鍛えられた見事な筋肉を持っている。

なのに顔がチャラそうなイケメンというのは、個人的になんともいただけない。

やはり磨き抜かれた逞しい肉体には、男くさい精悍な強面が相応しい……じゃない。

そうじゃなくて、問題は『呼び出し』だの『査問会』だの不穏なワードが満載で、しかも『黒髪の乙女』も『出頭』せよってことだ。

黒髪の乙女っていうのは私のことだよね？　それに乙女は神殿に監禁されてたっていう設定だったはず。

つまり神殿から逃げ出した咎で、これから糾弾されるってことか？

あー、確か昔見た古い映画にこういうシーンあったよね。神殿が強い権力を持っているって、どこの世界でもよくあることなんだろうな。

……あれ、でもちょっと待って。どうしてシルヴェスタも呼び出されるの？

思わず見上げた視線に気が付いたのか、シルヴェスタは眉間の皺を緩めて私の頭を撫でた。

「マット、悪いが少し席を外してくれないか」

「ああん？　お前このクソ忙しい時に、なにふざけたこと言ってやがる」

「頼む。アリサと二人で話がしたい」

「……しょうがねぇな。五分だぞ」

部屋に入ってきた時と同じくらい大きな足音を立てて金髪の男が出ていくと、シルヴェスタは私の肩に手を置き、優しげな瞳で顔を覗き込んだ。

「どうした？　なにか聞きたいことがあるのか？」

「ねえシルヴェスタ、査問会って一体なにに対しての査問？　シルヴェスタも出頭って、もしかして私のせいで怒られるの？」

「……一つ教えてくれないか。お前は私をどう思う？　アリサにとって、私は信頼できる人間か？」

「はあ？　そりゃあまあ、シルヴェスタのことは信用してるけど」

「本当だな？」

「そりゃそうよ。でなかったら膝の上でこんなことしてないし。でも、そうじゃなくて、私が聞きたいのは……」

「では今からなにが起きようと、どうか私を信じてほしい」

「は？　なにが起きようとって……なにか起きるの？」

「本当なら時間をかけて言葉を尽くすべきなのはわかっている。だが我々には時間がない。不審に思うかもしれないが、どうか今はただ諾と だけ答えてほしい」

「なに？　ちょっとシルヴェスタ、一体なんの話してるの？」

「アリサ、今からお前の唇を奪う」

「はあ⁉」

突然の爆弾発言に、盛大に眉を顰めた私は悪くないと思う。

咄嗟に身体を離そうとしたら、肩に置かれた大きな掌がその動きを止める。そしてもう片方の手が、そっと私の顎を掴んだ。

「アリサは私と口付けをするのは嫌か？」

「えっ、嫌っていうか……」

節くれだった長い指で上を向かされて、ゆっくりと紅い瞳が……って、これって顎クイじゃん！　やった人生初の顎クイ！　じゃなくて！

「え、ちょ、ちょっと待ってシルヴェ……ムッ、ん、ん――っ！」

言葉と一緒に近づいてきた顔に思わず目を瞑ると、唇に柔らかいものが押し付けられて、口が抉じ開けられる。

突然侵入してきた熱い舌が、確かめるように私の歯茎をなぞり、窺うように慎重に舌に絡みつく。

背中がぞくぞくする感覚に堪らず変な息が漏れると、それを合図にしたみたいに、激しいキスが始まった。

「ん……ッ、シル、ヴェスタ、どうし……んんっ」

「アリサ……いい子だ」

「や……ん……ン……」

「いいぞ上手だ……もっと深くだ」

例の如く腰にガツンとくるバリトンボイスが、甘い言葉を囁く。少し荒っぽいのに絶妙な力加減で、シルヴェスタは私の口内を蹂躙する。

がっちりとホールドされた後頭部と背中を支える大きな掌に、私は逃げることすらできなくて、ただひたすらキスを受け入れた。

……っつーかシルヴェスタ、キス上手すぎ……ヤバい……このままだとキスだけで変な気分になりそう……

麻薬みたいなキスからなんとか逃れようとしていた私は、その時はたと、あることに気が付いた。

——いや待って、どうせこれはいつもの夢なんだ。だったらこのシチュエーション、堪能しないともったいないよね。

だってこんな理想の塊とキスできるなんて、美味しすぎるよね……？

心の中でニヤリと笑った私は、両手をぶっとい首に巻き付けた。そして今度は自分からシルヴェスタの舌を追いかけた。

悪戯するように舌を絡めて軽く歯をたてる。ちゅっと舌を吸うと、突然の行動に驚いたみたいに、お尻の下の塊がぴくりと跳ねた。

「アリサ、お前……？」

驚いたように見開かれた赤い瞳に、私はにっこり笑って続きをせがむ。

「ん……シルヴェスタ……もっとして……？」

「ああ……その顔、堪らないな」

ふたたび始まったのは、お互いを貪るような深いキス。

互いの舌をねっとりと絡ませてシルヴェスタの舌を追うと、待ち構えていたように私の舌を捕まえて深く吸う。

太い首に絡めた手に力を入れたら、背中を支えていた大きな手がゆっくり弄るように下りていく。

舌の根元を強く吸われながら腰の括れの弱い所を弄られて、もう片方の手は私の胸へと移動する。

「んアッ……！」

確実に乳首を捕らえた指先が、服の上から頂をカリカリと掻く。身体がびくびく反応して、こらえきれない淫らな息が漏れた。

「んっ、シル、ヴェスタ……それ、気持ちいい……」

太い親指と人差し指で先端を挟まれて、コリコリと潰される。そのたびに背中を反らして声を漏らす私の痴態を、シルヴェスタの鋭い瞳が間近でじっと観察する。

「あ、もう……ダメ、これ以上は……」

「アリサ、もっとその顔を見せてくれ」

私とシルヴェスタの唇を透明な糸が繋ぐ。堪らずシルヴェスタの口を深く貪ったら、応えるように胸の先が抓られた。

「ン……んン……」

あそこがキュンキュンする感覚にわざとお尻を太腿に擦り付けたところで、ドアを激しく叩く音が部屋に響いた。

「おい、時間だぞ！　ったくなにしてんだ！」

「……チッ」

「んっ……やんっ……」

渋々といった様子で顔を離したシルヴェスタは、名残(なごり)惜しそうに私の頬を撫(な)で、眉間に深い皺(しわ)を寄せた。

「まったくお前は、どこまで私を翻弄(ほんろう)するつもりだ……?」

「シル、ヴェスタ……?」

「アリサ、時間がないからよく聞いてくれ。これから我々が向かうのは謁見(えっけん)の間だ。査問会(さもんかい)は陛下の御前で開かれる。今回同席するのは神殿の連中と、この国の重鎮達だ。もしかしたらアリサの見知った人間もいるかもしれないが、聞かれたことのみ答えるんだ。いいな？　……私は、なにがあろうとお前を守る」

「……へ？　ちょ、ちょっと待って」

激しいキスで力の抜けた私の頭からすっぽりとマントをかぶせると、シルヴェスタは子供のように抱き上げて部屋を出た。そして廊下で待ち構えていた男(マット)と合流して、一緒にものすごいスピードで歩き出した。

「おう、随分遅かったじゃねえか……って、なんだ嬢ちゃん、どうしたその顔は？　真っ赤になってんぞ？」

「マット、アリサはまだ体調不良で熱があるようだ。くれぐれも扱いには注意してくれ。いいな」

「あー、なるほどね。はいはいっと。了解ですよ」

　こちらを見てニヤニヤと笑う失礼な男(マット)の視線から逃げるように逞(たくま)しい胸で顔を隠すと、私を抱く腕にぐっと力が入った。

「アリサ、なにがあっても私はお前を守る。今度こそ、もう二度とお前を放さない……！」

第十六話　謁見(えっけん)の間

　シルヴェスタに抱えられて連れていかれた先に待っていたのは、天井まで届く豪華な金色の扉だ。

　重そうな扉が、両側に立つ男達によって物々しく開かれると、そこは絢爛豪華(けんらんごうか)な装飾が壁や天井一面に施された、見事な大広間だった。

「うわ……すご……」

「アリサ、口を閉じていろ」

「っ……」

　シルヴェスタの低く鋭い声に、私は慌てて口を閉じた。

でも少しくらいは大目にみてほしい。だってここは一生に一度は行ってみたいと憧れていた、あの某宮殿にそっくりなんだから……！

磨き抜かれた大理石の上に、分厚いレッドカーペットが一直線に伸びる。その両脇には、向かって右側には白い騎士が、左側には黒い騎士が、それぞれ大きな剣を両手で捧げ持ち、ずらりと等間隔に並ぶ。

そんな物々しい出で立ちの騎士達の前を通り過ぎた先、カーペットの終点に鎮座するのは金の装飾も眩しい豪華な椅子。いわゆる玉座というやつに違いない。

つまりあそこに座ってる体格のいい男性が、この国で一番偉い人。

そして玉座の手前に控えてこちらを睨む、お揃いの白い服を着た集団が、きっと神殿の関係者。その隣のバリエーション豊富なオッチャン達が、シルヴェスタの言ってた、この国の重鎮方だろう。

それにしてもなあ……。私はそっと溜息を吐いた。

こんな煌びやかな場所、しかも着飾ったお偉いさん達の前で、場違いなネグリジェのまま、子供みたいに抱えられてる私ってどうなのよ。

いくら夢とはいえ、これって一体なんの罰ゲームですか？　って聞きたくなる。

きっと虚ろな目になってるだろう私を抱えたまま、シルヴェスタは張りつめた空気の中を平然と玉座の前まで進む。そして優雅に膝を折って頭を下げた。

「皇国騎士団団長シルヴェスタ・ヴェアヴォルフ、只今参上しました」

「うむ。随分遅かったな。皆、待ちくたびれたようだぞ。それで、その娘が例の黒髪の乙女か？　……おやどうした、自分で立てぬのか？」

「はい、つい先程意識を取り戻したばかりで、まだ体調が芳しくありません。陛下の御前にこのような服装で失礼かとは思いましたが、早急にとの仰せでしたので、このまま連れて参りました」

「はい」

「そうか、あいわかった。では面を見せよ」

それを合図に、頭を覆っていたマントが外されると、静かだった大広間のあちこちがざわめきたった。

「……なんと！」

「本当に黒髪とは」

「瞳まで黒いのか？　まさか、かような人間が本当にいるとは信じられん！」

どよめきに交じり聞こえてくる言葉に、私は首を傾げた。

ん？　ちょっと待って、注目されているのって目と髪の色なの？　ネグリジェ姿のまとか、シルヴェスタに抱っこされてるとかじゃなくて、そこ？

不思議に思って顔を上げたら、目の前にいる優しげな男性とばっちり目が合ってしまう。

慌てて下を向くと、目の前の男性――金髪に碧眼(へきがん)、昔はさぞやおモテになったんでしょうねといった感じの皇帝陛下は、追いかけるように私の顔を覗(のぞ)き込んだ。

「ほう、これは本当に見事な黒髪だ。それに瞳も黒いとは、なんとも珍しい。なあシルヴェスタよ、この娘は伝承にある、女神の遣いという乙女にそっくりではないか」

「はい」

「それにしても随分顔が赤いようだが、これは一体どうしたのだ？」

「無理やりここに連れて参りましたので、もしかしたらまた熱が上がってきたのかもしれません」

「ふむ、それはいかんな。では黒髪の乙女のみ、特別に査問が終わり次第、退出する許可を与えよう」

「陛下の寛大なご配慮に感謝いたします」

「カンザ神殿長も聞こえたであろう？　この者への査問は手短に終わらせるように」

「………はい」

私を見て驚いたように目を瞠るオッチャン達とは違い、お揃いの白い服を着た連中はなぜか意味ありげに目配せをし合っている。しばらくすると、その一団の中から白く長い髪を垂らした若い男が前に進み出た。

「フッ……確かに顔色が優れないいいようですね。いいでしょう、手短に済ませましょう。……娘、お前の名前は？」

白皙の美男子という言葉がぴったりなカンザ神殿長と呼ばれる男は、まるで品定めでもするかのように私の全身をじろじろと眺め回した。

その冷たい目つきは、こいつがとんでもなく整った顔をしているのも相まって、背筋が寒くなるような気持ち悪さを伴った。

「アリサ……です」

「ほう、アリサ、ですか。それで？　貴女のこの髪は本物ですか？」

「え？　いたっ」

顔の横に伸ばされた手が耳を掠めると同時に、頭にチリッとした痛みを感じた。

驚いて頭を押さえると同時に、シルヴェスタが大きくうしろに下がった。

「……カンザ神殿長、これは一体なんのおつもりか……？」

背中から響く怒気を孕んだ低い声に顔を上げると、そこにあるのは激しい怒りを押し殺したようなシルヴェスタの険しい顔。

シルヴェスタの鋭い視線の先には、指に絡まる黒髪をじっと見つめるカンザの姿があった。

「……ふむ、どうやら紛いものではないようですね。それでは……」

両手で慎重に髪の毛を持ち、陽の光に透かすようにかざしていたカンザは、次の瞬間、躊躇うことなく口の中に髪を入れた。

それを見た私は出そうになった悲鳴を咄嗟に押し殺し、シルヴェスタの胸にしがみ付いた。

やばいやばいやばい、あいつ絶対にやばい！　だって今、口の中に入れたのって、私の髪の毛だよね？　しかも目が合ったし！　あいつこっち見て、すっげー笑ってたし！

「これは素晴らしい！　染料を使って染めているのではないのですね！　いえね、自分の髪を黒く染め、女神の巫女として神殿に入ろうとする不逞の輩がよくいるのです。この娘も、その類ではないかと疑っていたのですが、これは間違いなく本物です！　つまりその娘は紛れもない本物の黒髪の乙女です！」

こちらを見て感極まったように声を上げるカンザに、シルヴェスタは奴の視線から私を隠すよう、身体の向きを変えた。

「アリサ、大丈夫か」

「シル、ヴェスタ……」

大きな身体越しに感じる執拗な視線に、まるで蛇に睨まれた蛙にでもなったみたいに、身体の震えが止まらない。

ていうか、あれはヤバい！　本能が知らせている！　あいつ絶対に本物の変態だ！

そんな私の様子を見たシルヴェスタは、おもむろに玉座に向き直り、ふたたび膝を折った。

「陛下、アリサは話すこともままならないようです。大変申し訳ありませんが、今すぐ退出の許可をいただけますか」

「よい。見ればわかる。おい誰か、黒髪の乙女に至急部屋を用意するように！」

「はい！」

周囲が慌ただしく動く気配に、おずおずと顔を上げると、シルヴェスタは安心させるように優しく微笑んだ。

「大丈夫だ。今、部屋を用意してもらうから、少しの間そこで休んでいるといい。これが終われば私もすぐ行く」

「シルヴェスタ……」

「ニール、マルチネス、アリサの警護を頼んだぞ」

「はい、お任せください」

「アリサ様、恐縮ですが、ここからは私共が団長に変わります」

「え、ちょっと待って」

さっきのニールとかいう若い男の腕に移された私は、思わずシルヴェスタの袖を掴んだ。

だけど抗議しようとした口は、太い指で塞がれてしまった。

「頼む。これ以上お前の声を、あの男に聞かせたくないのだ。口を閉じていてくれ」

「シルヴェスタ、でも……」

「私は自分が一度口にしたことは決して違えない。必ず迎えに行く。先程も言っただろう？　なにがあってもお前を守る、もう二度とアリサを放さない、と」

そう言って、くしゃりと私の頭を撫でたシルヴェスタは、まるで敵から庇うように背中を向けた。

「待ちなさい！　黒髪の乙女には、まだお聞きしたいことがあります！」

「カンザ神殿長には、私からもお聞きしたい件がある。神殿は一連の誘拐事件には関与していないと頑(かたく)なに申しておられたが、こうして逃げ出してきた娘が存在する事実について、どう申し開きするおつもりか。詳しくお教え願いたい」

「それに関して私共の主張は、なんら変わりません。女神に仕える立場である我々が、どうして奴隷売買のような痛ましい犯罪に手を貸すでしょう。それに黒髪の乙女が現時点で皇国騎士団の、しかもシルヴェスタ殿のもとにいることのほうが怪しいのではありませんか？　黒髪の乙女は元々神殿にいるべき存在で……」

言い争う二人の声から逃げるように、ニールとマルチネスは足早に扉へと向かう。

あともう少しで広間から出られるというその時、一際(ひときわ)大きなカンザの声が響いた。

「黒髪の乙女よ！　貴女には、きっと私の力が必要になります！　私は貴女が本当はど、こ、から来たのか知っている唯一の人間です！　いいですか、貴女の力になれるのは私だけなのです！」

「ニール！　マルチネス！　構わず行け！」

遠ざかるシルヴェスタの声を背中で聞きながら、私は震える身体を自分で強く抱き締めていた。

第十七話　すれ違い

ニールとマルチネスが連れてきてくれたのは、どうやら貴賓室と呼ばれる部屋らしい。高い天井に燦然と輝くシャンデリアも、優雅な猫脚のテーブルもベッドも、部屋に飾ってある調度品もどれもが上品なしつらえだ。

待ち構えていた侍女のような女性にニールとマルチネスが追い出されたあと、私はソファに腰を下ろして、そっと息を吐いた。

――よく考えると、目が覚めてから小さい違和感はずっとあった。

窓から入る太陽の光の眩しさ、葡萄の甘さと瑞々しさ。そして髪の毛を抜かれた時の、あのチリッとした痛み。

いや、でも待って。そもそもシルヴェスタの出てくる夢は、最初から妙にリアルだった。時に柔らかく、時に硬い雄っぽいの感触。すり寄せた頬に感じる確かな鼓動と体温。腰が砕けそうなバリトンボイスの響きに、逞しい身体が纏う微かな薄荷の香り……

もしこれが夢じゃないというのなら、今、私に起こってることは一体なんだろう。

もちろんここは日本じゃないよね。だとしたらここはどこ？

……実はあの時、私はお風呂で溺れて死んだとか……？

背筋を、ぞわりと冷たいものが這った。

「本当によかったですわね。間もなくあの方も、こちらに来られるそうです。これでようやく元の場所に戻れますよ」

悪寒に腕をさすりながら考え事をしていると、ワゴンを押してやってきた侍女は優雅な所作でお茶の支度を始めた。

「あの方？　それに元の場所って……？」

湯気の立つカップを私の前に置いた彼女は、悲しげに頭を振った。

「黒髪の乙女様は、元々神殿の奥深くに大切に匿われていたのでしょう？　それをあの荒くれ者の皇国騎士団が、神殿から無理やり略取したのだと聞いております。しかもあのシルヴェスタ団長のもとにいただなんて、どんなに恐ろしかったことでしょう。でもカンザ様が助けてくださいますから、もうなにも心配はいりませんよ」

「へっ？　カンザ？」

「ところで黒髪の乙女様は、あの……人間、なのですか？」

至極真面目な顔でそんな質問をされて、盛大にお茶をむせた私は悪くないと思う。

「まあ大変！　大丈夫ですか？」

「ゴホッ、な……んで、そんな……っ」

「なぜって……その黒い髪も瞳も我が国ではとても珍しく、女神の色と呼ばれていますから」

――彼女の話によると、ここカリネッラ皇国は古くから女神信仰が盛んな国らしい。街中至る所にある女神を祀るお堂には、必ずと言っていいほど黒髪の乙女の姿が描かれているのだとか。

「我が国、というかどの国にも黒髪の人間は滅多におりません。ですから黒髪の乙女様のお姿は、とても珍しく思います」

「ふーん、黒髪ねえ。それでみんな私を見て驚いてたんだ」

　確かにさっきの大広間には、私と同じ黒髪の人間はいなかった。金色、茶色、赤、白髪交じりの灰色。そして……

「……ねえ、あの白い髪のカンザって男は神殿長なんだよね？　まだ若そうだけど、彼が神殿で一番偉い人なの？」

「はい、カンザ様は昨年神殿長に就任されたばかりです。でも歴代で一番の神力を持つと言われているんですよ」

「神力？　神力ってなに？」

「神力とは女神から授けられると言われる奇跡の力で……あの、黒髪の乙女様のほうが詳しいのではありませんか？」

それから彼女が教えてくれたのは、この国に昔から伝わるという、女神の伝承だった。

かつてこの世界に闇が蔓延った時、女神は聖なる乙女を遣わし、宣託を正しき者に授けたのだそうだ。

宣託により力を得た人間は女神の教えを民衆に説き、世界は救われた。

そののち、宣託を得た者は聖者と呼ばれるようになり、その者が神殿を作った――

「……という伝承が残っております。あの、黒髪の乙女様は女神様の宣託を授けるために、今代の聖者と呼ばれるカンザ様の所に遣わされたんですよね？」

「ごめん、女神の遣いとかどうとかってよくわからないけど、私がいつも会いに来てたのはシルヴェスタよ？」

「えっ⁉　で、でも乙女様は元々神殿の方なんですよね？　だって私は皇国騎士団にふたたび奪われないようにと聞いて……」

「そうですよ、もうなにも心配する必要はありません。乙女様、私と一緒に神殿に戻りましょう」

驚いたように目を瞠る女性のうしろから、不意に聞き覚えのある若い男の声が響いた。

ねっとりと絡みつくような気味の悪い声に、恐る恐る目線をずらす。そこに立っていたのは、さっきの変態だった。

「…………カンザ」

「ああ、アリサ様に名前を呼んでいただけるとは、なんと光栄な！」

優雅な足取りでこちらにやってきたカンザは、私の隣に腰を下ろし嬉しそうに微笑んだ。

「アリサ様はどうしてご自身がこの世界にやってきたか、その理由を知りたくはありませんか？　そしてその方法も」

「……私がこの世界に来た理由？」

眉間に力を入れ睨みつけると、なぜかカンザは頬を赤らめ恥ずかしそうに視線を逸らした。

「どうしましょう、そんなに見つめられると……嬉しすぎて困ってしまいます」

「つまり、ここは異世界ってこと？　でも、どうしてあんたがそれを知ってるの？」

「ああどうか、私めのことはカンザとお呼びください。とにかく神殿に来ていただければ、アリサ様の疑問はすべて解決するでしょう」

妖艶な笑みを浮かべ、こちらを見つめるカンザから目を逸らして、私はじっと考えた。

確かにここは、私の知るどこの国とも違う。これが夢じゃないっていうなら、つまり私は違う世界にいるんだろう。

そして私がこの世界に来た理由を、どうやらこのカンザという変態は知っているらしい。

正直に言うと、神殿なんか絶対行きたくない。ずっとシルヴェスタの腕の中にいたい。でもその一方で、もしここが異世界だというのなら、なんとかして有給休暇中に日本に戻らなくてはとも思う。

せっかく任されるようになったプロジェクトに、半端にやりかけた複数の案件。ぶっちゃけ私がいなくても、仕事も会社も回っていくのはわかってる。

だけど、そうだとしても、私は自分の仕事を無責任に放り出すような真似はしたくない。

「……シルヴェスタと一緒なら、考えてやってもいいけど」

「皇国騎士団長ですか？　彼はいけません。あの男は神聖な神殿を汚したのです。もしふたたびあの男が神殿に侵入することがあれば、私は神殿長の権限で彼を騎士団長から罷免します」

「なっ……！」

「ふふ、それに貴女の口が私以外の男の名前を呼ぶなど……許せませんしね」

赤い舌で自分の唇を舐めるカンザの姿に、言いようのない寒気を感じる。逃げ出したいのをぐっとこらえた私は、考えた末に一つの決断を口にした。

「……いいわ、神殿に行ってやろうじゃないの。でも条件がある。それは……」

「アリサ様、今から貴女は神殿の侍女です。常に私の背後に控えていてください。それから決して声を出さないように。いいですね？」

カンザの声を聞きながら、パウダールームでバーネットと名乗った侍女に着せてもらったのは、彼女が着てるのと同じ侍女服だ。

白い襟付きの首の詰まった濃いネイビーのワンピースに、清潔感溢れる白いレースのエプロンとボンネット。

何度も梳いて地毛と一緒に丁寧に編み込んでくれた茶色いカツラは、すっかり私の顔に馴染んで、まるで違和感がない。

その上からかぶってる白いボンネットのお陰で、この珍しいと言われる黒い目だってわかり難いに違いない。

「カンザ様、黒髪の乙女様のお支度ができました」

「ほう、これは素晴らしい！　流石はアリサ様、どんな御衣裳を纏われても可愛らしくていらっしゃいますね！」

大きな瞳を嬉しそうに瞬かせ、いそいそとやってきたカンザは、逃がさないとばかりに強く私の手首を握った。

「……あんた、ちゃんと約束は守ってくれるんでしょうね？」

私が神殿に行く代わりに出した条件、それは一目でいいからシルヴェスタに会わせろということだった。

「おやおや心外ですね。もしや私をお疑いですか？　私が約束を破ることなど、天と地がひっくり返ろうともありえません。アリサ様も約束をきちんと守ってくださいね？　万が一しゃべったり助けを求めたりした場合は……」

「ふん、シルヴェスタを罷免するって言うんでしょ？　そんなの聞き飽きたわよ」

「大変結構です。それでは参りましょう」

「あ、あの、お待ちください、黒髪の乙女様！」

部屋から出る間際に聞こえた声に振り向くと、そこには今にも泣きそうな顔をしたバーネットさんがいた。

「黒髪の乙女様、いえアリサ様、私、あの、なんて言ったらいいか……申し訳なくて……」

「いいよ、気にしないで。……さよなら」

精一杯微笑んで見せた私は、カンザに引っ張られるようにして部屋をあとにした。

カンザと扉の外に控えていた白い騎士達に挟まれて、私はまるで囚人のようにお城の長い廊下を進む。

床に施されたのは、優雅なアラベスク模様のモザイクタイル。そこに差し込む光を辿るように視線を移すと、窓の外には花盛りの庭園が見えた。

……あーあ、こんな素敵な場所、できればゆっくり見学したかったな。

宮殿の天井や壁に描かれた壁画や、そこかしこに置かれた彫刻はもはや芸術の域だし、まるで美術館みたいだ。玉座があったあの広間だって、もっとちゃんと見てみたかった。

この先が見えないくらい長い回廊の先には一体なにがあるんだろう?

あーあ、一緒にいるのがシルヴェスタだったら、すごく楽しかっただろうな……

そんなことをぼんやり考えていた私は、突然廊下に響いた声に、はっと我に返った。

「これはこれは、皇国騎士団の皆様ではありませんか。そのようにお急ぎで、一体どちらにいらっしゃるのですか？」

「……カンザ神殿長こそ、どちらへ行かれるのか」

聞こえてきた低いシルヴェスタの声に、身体がびくりと反応した。

声が出そうになるのを必死に抑えて顔を伏せると、まるで隠すように白の騎士達が私の前に立った。

「おやシルヴェスタ殿。私達はちょうど今から神殿に戻るところです。いえね、黒髪の乙女とお会いできないのなら、私が宮殿に留まる理由はありません。ここは一旦引いて機会を待つ所存です」

「それは結構ですな。ところで貴殿の護衛はそれだけですか？」

「ええ、今は私一人だけですから、彼等で十分でしょう」

「よろしければ、皇国騎士団からも護衛の騎士をお出ししよう。神殿長ともあろう方の護衛が二人だけとは心許（こころもと）ない」

「お言葉ですが、それには及びません。カンザ様の護衛は我々近衛騎士団の仕事です」

目の前に壁のように立ち塞（ふさ）がる白い騎士達の隙間から、私は必死にシルヴェスタの様子を窺（うかが）う。

シルヴェスタの横にいるのはあの失礼な男（マット）に違いない。そのうしろにいるのは、さっきまで一緒にいたニールとマルチネスだろうか。

目の前の白い騎士達と比べると、黒い騎士服を纏った男の集団は明らかに迫力が違うように見えるのは、私の贔屓目じゃないと思う。

そんな中でも一際逞しい筋肉を持つシルヴェスタは、相変わらず私の好みのど真ん中。だけどその鋭い赤い目はじっとカンザに注がれていて、私のほうなんてちっとも見やしない。

つーかシルヴェスタ！　お前さっき必ず迎えに行くとか、なにがあっても私を守るとか、もう二度と放さないとか、カッコいいこと言ったんだからさ！　ちょっとは私に気が付けよ！

「……ところでシルヴェスタ殿、貴殿に一言ご忠告申し上げましょう。黒髪の乙女様は、本来神殿で大切に保護されるべき至高の存在。騎士団長如きが側に侍られるような方ではないのです。そこの所をよく弁えるように」

「フッ……黒髪の乙女、いやアリサが誰を選ぶのか、それは彼女自身が決めることであって、貴殿が決めることではない。カンザ神殿長こそ、ゆめゆめお間違えにならぬよう。……おいお前達、行くぞ」

そう言い残し、黒いマントを翻してシルヴェスタは去っていく。

そのうしろ姿に思わず声をかけようとした私は、突然掴（つか）まれた手首の痛みに息を呑んだ。

「つっ……」

「おや、どうかしましたか？　お前達、こちらの侍女殿は体調が悪いようだ。丁重に馬車までお運びしなさい」

「はっ。失礼いたします」

慇懃（いんぎん）に頭を下げた白い騎士は、私を抱き上げて、すたすたと歩き始める。向かう先は、シルヴェスタが去ったのとは逆の方向だ。

「シルヴェスタ……」

口の中で呟いた名前は、誰にも届かないまま消えていった。

第十八話　いざ神殿

石畳の上をガタガタ走る馬車の小さい窓から見えるのは、夕闇に包まれた古いヨーロッパのような街並み。家路を急ぐのか、クラシカルな服装を纏（まと）う人達が往来を行き交う。その風景は現実味がなくて、映画のセットの中に迷い込んでしまったような不安に駆られる。

そんな流れていく風景を目で追っていた私は、ふっと溜息を吐いた。

……シルヴェスタ、全然気が付かなかったな……

『なにがあってもお前を守る。もう二度とアリサを放さない』

『自分が一度口にしたことは決して違えない。必ず迎えに行く』

なんて甘いセリフを言ってたけど、結局紅い瞳がこちらを見ることは一度もなかった。

冷静に考えれば、シルヴェスタはこの国の騎士団長。あんなに格好よくて、しかも地位もある男が、私に好意を持つはずがない。

優しかったのは、私が犯罪に巻き込まれた被害者だと思ってたから。ただそれだけ。

はは、一人で盛り上がっちゃって馬鹿みたい。でも、これでなんの憂いもなく日本に帰れると思えば、気が楽になるよね。……うん。

「アリサ様、着きましたよ」

馬車が止まってもぼんやりしていた私は、カンザの声に慌てて濡れた目を擦った。

差し出された手を無視して馬車を降りると、目の前にそびえ立つのは優雅な塔を擁する荘厳な神殿。恐らく、長い年月この場に佇んでいるのだろう風格を感じさせる。

「ようこそ女神の神殿へ。さあ参りましょう。是非ご覧になっていただきたいものがあるのです」

厳粛な空気に呑まれ足が竦む私を引っ張るようにして、カンザは嬉しそうに神殿の中に入った。

「女神の遣いである乙女の伝承は、国中至る所に残されています。私は神殿長に就任して以来、そういった乙女の像や絵画を収集してきました。これはその記念すべき第一号です。実にアリサ様に似て愛らしいとは思いませんか？」

「はあ……」

満面の笑みを浮かべたカンザが指さすのは、高さ一メートルほどの少女の像だ。冷たい石張りの廊下に置かれたその像は大理石製だろうか。確かに東洋人的な顔立ちをしているように見えなくもない。

「この像は北にある聖堂の奥に、隠されるように祀られていました。でも由緒ある乙女の像は、ここ中央神殿にこそ相応しいと説得したのです」

「はあ……」

「こちらの像はこの角度から見ると、実にアリサ様に似ているとは思いませんか？　ほら、こうして比べると髪の長さが特に絶妙だと思うのです」

「はあ……」

「こちらは少し保存状態が悪いんですが、それがかえって趣があると思うのです。長い年月の間、私が迎えに来るのを待っていたのかと思うと、より一層愛着が……」

「……ちょっと待って」

「はい、アリサ様、なんでしょう」

「この乙女の像とやらは、一体どれくらいあるの？」

「そうですね……百、いや二百はくだらないと思います。素晴らしいでしょう？」

長い神殿の廊下の両端に、まるで護衛の騎士のように石像が等間隔で並ぶ。

笑みを湛えた顔、憂い顔、上を向いているポーズや首を傾げているもの、思い思いのポーズでこちらを見つめる少女の、そのおびただしい視線の数に圧倒される。

「私が一番お見せしたいのは、この先にあります」

頬を紅潮させたカンザがぐいぐいと引っ張ってつれていく先、廊下の終わりから漏れる明かりが目に入る。

その途端、嫌な予感に全身が粟立つのがわかった私は、手首を掴むカンザの手から逃れようと首を振った。

「い、いや、行きたくない」

「どうしました？　大丈夫ですよ。ここから先は神殿の関係者以外、ごく一部の貴族と王族しか立ち入ることはできない、安全な場所ですから」

なかば引きずられるように足を踏み入れたのは、天井がドーム形になった大聖堂だった。

松明（たいまつ）の灯りに照らされた左右の太い柱に描かれているのは、全員黒目黒髪の女性だ。その視線を感じながら奥へと進むと、一際（ひときわ）高い場所に設置された荘厳な石の祭壇が見える。そしてそのうしろの壁一面には、見事な壁画が描かれていた。

「これがアリサ様にお見せしたかった、神殿の起源が描かれた壁画です。どうです、素晴らしいでしょう？　伝説の順番通りに並んでいるのですが、まずこちらが……」

嬉々として説明するカンザの声と、さっきお城でバーネットさんが教えてくれた神殿の由来が重なる。

――宣託を得た者は、のちの聖者となった。確かに彼女はそう言ってた。

でも待って。聖なる乙女は？　乙女は、そのあとどうなったの？

目の前の壁画は語る。一枚目のタイトルは『宣託』。

眩（まばゆ）い光に包まれた白い人のシルエットと、その前に降り立つ黒髪の女性と平伏（ひれふ）す男性。

二枚目のタイトルは『奇跡』。

黒髪の女性の前に立つ男性が、大勢の人の前で手をかざしている。

そして三枚目。

描かれているのは、一面の花に囲まれて手を握りながら見つめ合う黒髪の女性と男性。

タイトルは――『花嫁』。

「……こちらが、のちに乙女の伴侶となった男性です。素晴らしいでしょう？　聖なる乙女は、女神より遣わされた聖者の花嫁でもあるのですよ！　……アリサ様？　アリサ様！」

視界がぐにゃりと歪み、初めて聞く焦ったようなカンザの声が遠くなる。

力を失った足が身体を支えきれずぐらりと傾いたところで、ああ気を失うってこういうことなんだって、どこか冷静に考えながら私は意識を手放した。

◇

「……様があんなに慌てるなんて……」
「……画を見てる時に、突然お倒れになったそうよ」

「お可哀相に……きっとお疲れなんだわ」

どこからか女性の声が聞こえてくる。時に大きく時に小さく、女性達のおしゃべりはまるで打ち寄せる波のさざめきのよう。

「荒くれ者と名高い皇国騎士団の、しかも例のシルヴェスタ・ヴェアヴォルフ騎士団長のもとに囚われていたんでしょう？　あの恐ろしい顔で監視されていたのかと思うと……本当にお気の毒で……」

夢うつつにその会話を聞いていた私は、突然耳に飛び込んできた聞き覚えのある名前に、はっと目を覚ました。

「シルヴェスタ……。って、ここ……どこだ……？」

淡いランプの明かりを頼りに辺りを見回すと、どうやら知らない部屋のベッドに寝かされているようだ。

……ああそっか、壁画を見てて倒れたんだっけ。

仰向けのまま天井を見つめて、大きく息を吐いた。

精緻な筆で描かれた壁画の女性は、確かに日本人に似ていると言えなくもなかった。

でもだからって、私が神話だか伝説だかの『聖なる乙女』であるわけがない。こんな酒と筋肉の煩悩に塗れて疲れ切った女が『聖なる乙女』だなんて、絶対にありえない。

そう。だから大丈夫。きっとあの壁画の通りにはならない。いずれ『聖者』の『花嫁』になるだなんて、絶対にありえない……

混乱する私をよそに、どこからか聞こえる話し声は続く。

「……それにしても奴隷売買に神殿が関与してるだなんて、一体誰がそんな恐ろしいことを言ったのかしら」

「違うわよ、あれは神殿に侵入するために皇国騎士団がでっち上げた話よ」

「そうよ、カンザ様は私達のような貧しくて身寄りのない女性を助けてくださる素晴らしい方だもの。そんなこと絶対にありえないわ」

「まあ、聖なる乙女様のことになると、箍（たが）が外れる時があるようだけど」

「そうね、確かに聖なる乙女様には、その、少しおかしくなる時があるわね」

「………………うふふふふふふ」」

「でも黒髪の乙女様が見つかって本当によかったわ。これからは私達が大切にお世話してさしあげましょう」

「当然だわ。だってあのカンザ様の伴侶（はんりょ）となる大切な方だもの」

「ねえ、例の儀式はいつされるのかしら。本当なら神殿に来てすぐ儀式を執り行（とおこな）うって聞いてたのに」

「そうよね、一刻も早く儀式をしないと、乙女様はまた女神のもとに戻ってしまわれるのでしょう?」

「でも、こんなにお疲れの時に儀式をするのは、お身体に負担が……」

「あ、カンザ様」

突然会話が途切れて、キイという微かな音と共に扉が開いた。

「……アリサ様、起きていらっしゃるのでしょう?」

落ち着いたカンザの声と一緒に部屋に入ってきたのは、ふわんと鼻を擽る美味しそうな匂い。

固く閉じた瞼の裏からでも部屋が明るくなるのがわかって、仕方なく私は身体を起こした。

「ああ、よかった。さっきよりも少し顔色がよくなったようですね。突然倒れた時は、どうしようかと思いました」

「そりゃどーも」

気遣うようにこちらを窺いながらベッドサイドのテーブルにお皿を並べるカンザの顔色は悪く、それこそ今にも倒れそうに見える。

「お腹が空いたのではありませんか? お食事を用意しましたので、まずこちらを召し上がってください」

ベッドサイドに置かれたのは湯気の立つスープとパン、そして桃に似た小さな果物だった。

美味しそうな匂いを嗅いだ途端に主張を始めたお腹を押さえて、私はカンザを睨んだ。

「ねえ、一体なにを企んでるの？」

「企んでるなど心外です。私は純粋に心配なのですよ。信用できませんか？」

「ふん、信用なんてできるわけないじゃない」

「それは非常に残念です。けれどアリサ様には、早急に神殿にお越しいただく必要があったのです」

「早急に？　どうして？」

「その前に教えていただけますか？　最後にお食事をされたのはいつでしょう」

「食事っていうか……あの査問会の前に、レザンとかいう果物を食べたけど」

「それはいけません。アリサ様はずっと意識が戻らなかったと聞いております。まずはきちんと食事をして、体調を整えていただかないと。調理済みの料理に信用ができないのなら、せめてこちらの果物だけでも召し上がっていただけませんか？」

差し出された皿に溢れんばかりに盛られた果物は、まさに今が食べ頃といった甘い芳カンザを睨みながら慎重に手を伸ばし、試しに一つ手に取って鼻を近づけた。ツルツルした小さな果物は、形も香りもまさに桃そのもの。特に怪しい様子は見られない。恐る恐る小さく齧ると、口の中に熟しきった濃厚な甘い果汁が広がった。香を放つ。


「美味しい……」

「それはよかった。お口に合ったようで、なによりです」

無言のまま一口、また一口とかぶりつく私を見つめるカンザは、細く形のよい眉を下げ、穏やかに微笑む。その姿は悪意などまるで感じられない、慈愛溢れる聖職者そのものだ。

そういえばさっきの女性達は、こいつをまるで聖人のように褒めてたよね。貧しい女性の味方だとかなんとかって。

宮殿での極悪人みたいな変態のカンザと、ここにいる聖人然とした変態のカンザ。こいつが変態なのは間違いないけど、一体どちらが本性なんだろう……？

果物を二つ食べ終えた私は、カンザに向き直った。

「ねえ、あんた言ったよね、私がどうしてこの世界にやってきたか、その理由を教えるって。一体なにを知ってるの？」

「そうですね……アリサ様には、ご自身の置かれている状況を正確に理解していただいたほうがいいでしょう」

笑みを消したカンザは、真剣な面持ちで、こちらを見つめた。

「私は幼い頃この神殿に引き取られて以来、毎日欠かさず女神の泉に祈りを捧げています。女神の泉とは『聖なる乙女』を埋葬した場所。祈りとは乙女の魂を慰めるものであり、死者への鎮魂なのです」

「鎮魂……？」

ぞわり、と背筋を冷たいものが這う。思わず腕をさする私を見つめながら、カンザは静かな口調で事の起こりを語り始めた。

それは今から三か月前、カンザが泉に祈りを捧げている最中に起こったそうだ。

突然、水面が映し出したのは、奇妙な寝台に横たわる、黒い髪をまるで少年のように短く揃えた女性の姿だった。

「その方は眠りについたかと思うと胸を押さえ、ひどく苦しみ始めました。そのあまりに辛そうな表情に、私は咄嗟に神力を込め、祈ったのです。どうぞこの女性をお救いください、と。すると次の瞬間、女性は透き通るように姿を消しました」

それから泉は、度々その女性の姿を映すようになったのだそうだ。

「そうそう、怪我をされたのか、痛そうに足を引きずっていた時もありましたね」

「ちょ、ちょっと待って」

初めてシルヴェスタの夢を見たのは確か一月の後半。今から三か月くらい前だけど……

「……そして一昨日(おととい)のことです。突然、泉の表面が激しく波打ったかと思うと、黒髪の女性が浴槽で溺れる場面を映し出しました。目を瞑ったままお湯に沈んでいく姿を見た時、私は持てるすべての神力を込めて女神に祈りました。どうか私のもとに黒髪の乙女を、と」

え？　ちょっと待って、なにこれ……？

唾(つば)を呑もうとして喉がからからに渇いてることに気付いた私は、ベッドサイドに置かれた水に手を伸ばして——ずくんと身体の奥から妙な熱が上がってくるのを感じた。

途中で止まった私の手に、カンザは水の入ったグラスを握らせた。

「どうか落ち着いて聞いてください。乙女への鎮魂の祈りに反応したということは、アリサ様は乙女の生まれ変わりで……元の世界で亡くなっている可能性があります」

「う、嘘」

私は何度も首を横に振る。だって、そんなの信じられない。元の世界で、つまり日本で私が死んだなんて。

「そして、このままではアリサ様はこちらの世界に馴染まず、消滅してしまう可能性があります」

「消滅って……つまり消えるってこと？」

「はい。それを防ぐためには、この世界に留める儀式が必要です」

「ぎ、しき……？」

「神殿に伝わる伝承には、こうあります。まずは乙女をこの世界の食べ物でもてなせ。そしてその胎内に楔を打ち込め、と」

間近から見つめる瞳が紫色だと知った私は、その瞳の奥に揺らめく強い光に、鼓動が激しくなるのを感じた。

なんだろう、なにかがおかしい。さっきからどうしてこんなにドキドキして、身体が火照るの……？

「カンザ、あんた一体、私に、なにをした、の……？」

震えの止まらなくなった手から、グラスが滑り落ちる。

床の上でガシャンと割れたガラスを無視して、カンザは私の肩を掴んだ。

「……先程召し上がった果物はベッシュと言って、我が国では新婚の夫婦が食べる習わしがあります。つまりは性的な興奮を高める効果のある果物です」

「それって、媚、薬……？」

「そんなに強い効果はないはずなのですが、どうやらアリサ様にはしっかり効いたようですね」

ちょっと待て。私に媚薬を与えて、なにをどうするつもりだ。胎内に楔（くさび）って、もしかして……？

思い浮かんだ最悪の可能性に、肩に置かれた手を外そうと必死で藻掻（もが）く。

でもそんな抵抗も虚しく、カンザはあっさり私をベッドに押し倒して、上から覆（おお）いかぶさった。

「やっ！」

「これは必要な儀式なのです。お願いです。どうか私を受け入れてください」

上から覗（のぞ）き込むカンザの長い髪が、サラリと顔にかかる。その髪を払うように頬を撫（な）でる手に、身体が勝手に反応してしまうのが悔しくて、涙が出そう。

「や、め……」

「ああ……まるで夢のようです……この手で聖なる乙女を抱けるなど……」

頬を撫（な）でていたカンザの冷たい手が、ゆっくりと移動する。耳の形をなぞり、首からデコルテを辿(たど)る手が、徐々に下へと向かう。

「アリサ様、一生をかけて大切にすると誓います。どうか、あんな男より私を選んでください」

びくびくと震える身体を必死で抑え、私は激しく頭を振る。

いやだ、こんな冷たい手はいやだ。

こんな変態の手に感じてる自分がいやだ。

私を触っていいのは、もっと大きくて、もっと熱くて、もっと私を労(いた)わるように優しく触れてくれる……

「シルヴェスタ……助けて！」

耐えきれず大声を出したその瞬間、私を覆(おお)っていたカンザの姿がふっと消えた。

第十九話　囚われの乙女の奪還　シルヴェスタ視点

「シルヴェスタ団長、動きました！」

査問会(さもんかい)のあと宮殿の一室で待機していた我々は、護衛につけていたニールとマルチネスからカンザがアリサに接触を図ったとの連絡を受け、彼女のいる貴賓室へと向かった。

「さて、やっこさん、どう動くかね」

「わざわざご大層な名目でアリサを引きずり出したのだ。なにかを企んでいるのは間違いない。この機会を逃さないだろう」

「……なあ、お前、嬢ちゃんを囮にするつもりだろう？　本当にそれでいいのか？」

普段は人をおちょくる言動ばかりのマットが、いつになく神妙な面持ちでこちらを窺う。恐らく私がこれからやろうとしていることを、正確に理解しているのだろう。向けられる視線が、妙に居心地悪く感じる。

「奴等がどう動くかわからねえぞ。下手すりゃ……」

「……いいわけがあるか。だが我々には優先して守らねばならないものがある。そうだろう？」

「そりゃそうだがよ、お前、あの嬢ちゃんに惚れてんだろ？　だったらそんなに難しく考えなくてもいいんじゃねえか？」

「彼女は『黒髪の乙女』。万が一にも傷つけられることはないはずだ」

「なあシルヴェスタ、そんなのわかんねえぞ。戦場に絶対安全な場所なんてもんはなかったのと一緒だ」

「それは……」

「おっと待て、おいでなすったぞ」

城の中庭に面した回廊で出会ったのは、カンザを先頭に護衛の近衛騎士が二名と侍女。

だが、その一団を見た瞬間、激しい怒りが一気に膨れ上がった。

侍女の服を着せ、ご丁寧に髪の色まで変えているが、あれはアリサだ。あの小柄な身体と胸から腰にかけての曲線を、私が間違えるはずがない。

「これはこれは、皇国騎士団の皆様ではありませんか。そのようにお急ぎで、一体どちらにいらっしゃるのですか？」

何事もないように挨拶するカンザは、私に気が付くとわざとらしく笑みを浮かべた。

史上最年少で神殿長となったカンザは、前神殿長のヤヌが視察先で保護した孤児だったと聞く。

類い希なる美貌と強い神力、そして貧しい女子供への援助や献身的な地方への慰問などもあり、民衆からの人気が高い。

だがこいつは随分、癖のある性格をしている。今日対峙してわかったが、思考が難解で掴みにくい。

そしてアリサを隠すように立つ白の騎士の片方は、驚いたことに近衛騎士団副団長のライザー・スタインベルクだ。

たかが城内の護衛に、わざわざ副団長が出てくるとは……。こいつら、アリサを城外へ連れ出すつもりか？

「貴殿に一言ご忠告申し上げましょう。黒髪の乙女様は、本来神殿で大切に保護されるべき至高の存在。騎士団長如き（ごと）が側に侍（はべ）られるような方ではないのです。そこの所をよく弁（わきま）えるように」

「フッ……黒髪の乙女、いやアリサが誰を選ぶのか、それは彼女自身が決めることであって貴殿が決めることではない。カンザ神殿長こそ、ゆめゆめお間違えにならぬよう。……おいお前達、行くぞ」

宣戦布告とも取れる言葉を残しその場を去るが、アリサに手が出せないこの状況に、はらわたが煮えくり返りそうだ。

足早に歩を進め、一行（いっこう）の姿が完全に見えなくなったことを確認した私は、その場で立ち止まった。

「……一旦、待機所へ撤収。ニールとマルチネスはこのまま貴賓室へ行き状況の確認。マイヤーは神殿の馬車を監視しろ。皆、連絡を怠（おこた）るな」

「はい！」

部下達の姿が消えて二人きりになった途端、マットは呆れたように溜息を吐いた。

「おい、シルヴェスタよ、ちょっと冷静になれ」

「……私はいつでも冷静だ」

「あーそうだがよ。そうじゃねえっつうか……。なあ、もっと単純に考えろよ」

「単純だと？」

「ええと、そうだなあ……、もしお前が大事なものを盗まれたらどうする？」

「大事なもの？　騎士団長である私から、なにかを盗もうとする輩がいるとは思えんが」

「いや、そうじゃねえよ。例えばお前が肉屋だったとしてよ、店から肉を盗まれたらどうする」

「ふむ、警邏の騎士か自警団の兵士に訴えるだろうな」

「じゃあ、昼飯の皿から肉がかっ攫われたらどうだ」

「その場で鉄拳制裁だな」

「じゃあよ、自分の女が横取りされたらお前、どうすんだ。警邏の騎士に言うか？　兵士に助けてくれって泣きつくか？」

「む、それは……」

「嬢ちゃんが黒髪の乙女だのなんだのって考えるから、ややこしくなんだ。もっと単純に考えろ」

マットは片目を瞑り、強く私の肩を叩いた。

「お前は騎士団長に就任して以来、クソがつくほど真面目に過ごしてきたんだ。たまには羽目を外してもいいんじゃねえか？」

「だが……」

いつもと同じ、人をおちょくったような笑みを浮かべたマットが、ぐいと拳を前に突き出す。

「そうだな。惚れた女が目の前で攫われたんだ。だったら、やるべきことは一つだな」

しばらくして私も自分の拳を合わせると、マットはニヤリと口の端を上げた。

◆◇◆

その夜、闇に紛れて神殿に集結したのは、私とマット、それからニールとマルチネス、マイヤーの五名。

単身神殿に乗り込むつもりだったが、マットは有志を集め、同行を申し出てくれたのだ。

「マイヤー、状況を教えてくれ」

「はい。黒髪の乙女様は神殿に入ってから動きはありません。白の騎士達が、神殿の正面と、うしろにある通用口、あとは等間隔で神殿の周囲を固めています」

「ふむ……。内部はどうなっている？　気付かれずに侵入することは可能だと思うか？」

「それが不思議なことに、内部に騎士は配置されていない模様です」

「騎士が内部にいない？　なぜだ？」

「ああん？　理由なんざどうだっていいさ。白の連中が中にいないなら好都合だ。指揮官も騎士達も実戦経験のない坊ちゃん達だ。この機会にちょっくら揉んでやったほうがいいんじゃねえか？」

妙に楽しげに話すマットに、思わず苦笑が漏れる。

だが、そうだな。確かに好都合だ。

「ふ、確かにお前の言う通りだな。だがこれだけは言っておく。今回の件はあくまで私が私怨で動いてるだけだ。皇国騎士団には一切関係ない。……わかっているな？」

「おう、わかってるよ」

「はい」

「我々は勝手についてきた野次馬ですから」

「よし、では行くか」

街中から離れた場所にある女神の神殿は、見晴らしのいい小高い丘の上にある。周囲には、まばらに生えた樹木があるだけで、侵入者を隠すものは一切ない。

故に我々が行動を起こしたのは、街の明かりがすっかり消えた夜更けになってからだった。

機転が利くニールと機動力の高いマルチネスは見張りに残し、神殿に先行させていたマイヤーを先頭に、闇に紛れて侵入する。

なにしろ数百年以上昔の建物だ。いくら関係者以外立ち入り禁止だとはいえ、祭祀に参列する陛下を警護するため内部構造はこちらも完璧に把握している。窓から差し込む微かな明かりを頼りに、慎重に奥へと歩を進める。

「……んだよこれ、気味悪いな」

「マット、静かにしろ」

静まり返った廊下にずらりと並ぶのは、おびただしい数の少女の彫像。無機質な石の瞳が、我々侵入者を静かに見つめている。

最奥にある聖堂を抜け、更にその奥にあるという大神官の部屋へ辿りついた我々は、扉の前に立ち止まり、中の様子を窺った。

ぼそぼそと聞こえてくるのは、恐らくカンザの声か。話している内容までは聞きとれないのが、もどかしい。

その時、扉の向こうからなにかが割れる音が聞こえた。

「……！」

緊迫した空気の中、部屋に侵入した私は、目の前の光景に衝撃を受けた。

ベッドの脇に置かれたランプが照らし出すのは、仰向けに寝かされたアリサと、彼女に覆(おお)いかぶさるカンザの姿だった。

「シルヴェスタ……助けて！」

必死で抵抗する荒い衣擦れの音と、悲痛なアリサの声。

静かにベッドまで歩を進めた私はランプの明かりを消し、カンザの背後から腕を回し、もう片方の手で口を塞(ふさ)いで声を封じる。そして一気に腕で気管を絞め上げ、奴の意識を落とした。

第二十話　再会

「シルヴェスタ……！」

　耐えきれず大声で助けを求めた瞬間、上にかぶさっていたカンザの姿が消えた。

　ランプの明かりが消え、辺りが暗闇に包まれるのと同時に聞こえてきたのは、くぐもった呻き声と、重いものが落ちるようなドシンという音。

　恐怖のあまり助けを求めようとした口が、なにか生温かいもので塞がれ、私はパニックになった。

「ん、んんんんんーっ！」

　やだやだやだ、なにこれ怖い！

　抵抗しようと無我夢中で振り回す両手が、あっという間に掴まれたかと思うと、今度は上から重いものがのしかかってきて身体の動きが封じられた。

「アリサ」

「ん！　んんんんっ！」

「アリサ落ち着け。もう大丈夫だ」

「んーっ！　んーっ！」

「アリサ、私だ。シルヴェスタだ。大声を出すな。巡回の神官に気付かれる」

「………シルヴェスタ？」

　自分でも不思議だけど、シルヴェスタの名前を聞いた途端に身体から力が抜けていく。

いつの間にか、ぎゅっと瞑っていた目を恐る恐る開けると、真上から覗き込むのは、お馴染みの赤い瞳だった。

「……ヴェスタ……？」

「ああ」

「シル……ヴェスタなの？」

「ああ、そうだ。私だ」

「ほんとに、本当に、シルヴェスタ？」

「ああ、アリサ。本当に私だ。……遅くなってすまない」

耳を擽るバリトンボイスが、じわじわと身体に染み渡る。

やがて暗闇に慣れた目が捉えたのは、いつもと違って少し乱れた赤茶色の髪。うっすらと額に汗が光るのは、もしかして急いで来てくれたからだろうか。

私が落ち着いたのがわかったのか、手首が解かれ、口を覆っていた手がゆっくり外される。そして無事を確かめるみたいに、太い指が顔のパーツをなぞった。

「怪我はないか？」

「う、うん」

お馴染みのぶっとい腕でベッドから抱き起こされて、気遣うように優しく腕の中に包まれる。安心感で一気に涙腺が緩むのが、我ながら情けない。

逞しい筋肉に頭を預けて寄りかかると、大きな手が落ち着かせるように背中をさすった。

「怖かったろう。よく頑張ったな」

「うん……」

温かい掌が労わるように、私の背中を上から下へ、下から上へと往復する。

すごくホッとする反面、慎重な手の動きが燻っていた熱に、ふたたび火を点けたのがわかった。

息苦しさを感じて思わずゴクリと唾を呑むと、残っていた濃厚な果汁の余韻が口の中に広がった。

「どうした。震えているぞ」

「だ、大丈夫。シルヴェスタこそ、よく、ここがわかったね」

「ああ。ずっとアリサを見張っていたからな」

「見張ってって……?」

「神殿側がなにか仕掛けてくるだろうとは思っていたが、確証はなかった。だからニールとマルチネスに言って常に監視させていたのだ」

――え？　待って。ちょっと待って。今なんて言った？

見張ってたって、神殿が仕掛けてくるってわかってたって、じゃあシルヴェスタは最初からこうなるのが、つまり私が誘拐されるのがわかってたの？

ドンッ。

気が付くと、握り拳がシルヴェスタの胸を殴っていた。

「アリサ？」

「……つまり私は、囮だったんだ」

「アリサ、それは……」

「だって、シルヴェスタは私をわざと誘拐させて、神殿の尻尾を掴みたかったんでしょ？　それってつまり、私はどうでもいい使い捨ての駒だったってことだよね」

「違う、そうではない。誘拐されるのは想定外だった。それに私は、あの時言ったはずだ。なにをしようと信じてほしい、と」

「そんなの、ちゃんと言ってくれないとわかんないよ！」

本当はわかってる。シルヴェスタが親切なのは私が犯罪に巻き込まれた被害者だと思ってるから、ただそれだけだって。優しく甘く接してくれたのは、騎士団長としての使命があるからだって。

でもさ、それじゃあいいように踊らされた私が馬鹿みたい。勝手に囮にされて誘拐された挙句、襲われそうになって……こんなのひどすぎるよ……！

やり場のない怒りと身体を苛む熱に浮かされて、なかば八つ当たりでシルヴェスタの胸を叩く。

「すごく怖かったんだから」

「すまない」

「あんな気味の悪い変態と二人っきりにされて」

「それは……本当に申し訳なかった」

「廊下で会った時だって、ずっと無視してたし」

「違う！　あの侍女がアリサだとわかっていた！　だが、あれには事情があったのだ」

突然腕の力が強くなって、顔がむぎゅっと雄っぱいに押し付けられた。

「やっ！　ちょ、放して！」

「頼むから聞いてくれ。仮にもカンザは強力な神力を持つ男だ。あそこで無理に行動に移せば、アリサに危害が及ぶ可能性があった。だからあの時は、わざとお前を無視したのだ」

「あ、ま、待って」

頬に当たる雄っぱいから伝わる体温と薄荷の香りに、私の中のなにかがトロリと溶け出すのを感じる。

ああもう、なんでこのタイミングでまるで狙ったように雄っぱいの谷間が顔の前にくるんだ！　お前、わかっててわざとやっててんじゃねえだろうな？

「それに勘違いしているようだが、私は被害者だからと特別扱いするような人間ではない。お前だからこそ……。おい、アリサどうした？」

雄っぱいの谷間に顔を埋め、荒い息を吐く私を不審に思ったのか、シルヴェスタは腕を緩めて私の顔を上に向かせる。

そっと顎をなぞる指の感触だけで、身体が震えた。

「どうしようシルヴェスタ……身体が熱いよ……」

口から漏れる息が熱を持っているのが、自分でもわかる。

強いお酒を飲んだ時みたいな酩酊感に心臓が跳ねて、お腹の奥がじくじくと疼く。

この身体を苛む火照りは、本当にさっきの桃みたいな果物のせいだけなんだろうか。

服が身体に擦れる感覚すら切なくて、堪らずシルヴェスタの服を握りしめた。

分厚い騎士の上着を着ていてもわかる豊かな膨らみは、ここに紛れもなく見事な雄っぱいが隠れていることを示す。

ああ、夢にまで見た至高の雄っぱい。

目を閉じればありありと浮かぶ、うっすらと細かい傷痕が残る日に焼けた肌に、余計な脂肪の一切ついていない鍛え上げられた筋肉……

「アリサ、一体なにがあったんだ」

「なにがって……シルヴェスタ……んっ……」

躊躇いがちに頬が撫でられる。そんな、普段ならなんてことない手の動きにすら反応して、私は太腿をすり合わせた。

震える身体を擦り付けるようにシルヴェスタにしがみ付くと、ぐるりと逞しい腕が背中に回された。

「ここであったことを、順を追って説明できるか？　城を出てからどうしてたんだ？」

「あ……お城をでて……ばしゃにのって……」

お城を出てから私は、どうしたんだっけ？

ぐるぐると回らない頭で、それでも一生懸命に記憶を掘り起こす。

ええと……そうだ。白い騎士に無理やり馬車に乗せられて、カンザと一緒に神殿に来たんだ。

「白いきしに……ばしゃに乗せられて……」

「ああ、それで？」

「神でん……ろうかにいっぱい像が……こわくて……カンザが……むりやり……」

「カンザが無理やりだと？　アリサ、あいつになにをされた？」

「むりやり奥まで……見せられて……私は花よめだって……」

「奥まで見せっ……、い、いや、花嫁だと!?」

「それで……気が付いたらベッドで……」

「ベッドで、なにがあったんだ！」

「ベッドで……くだものを食べて……からだがあつくて……」

「果物!?」

回された腕にぐっと力が入って、突然シルヴェスタが私の唇を奪う。

なにかを確かめるように口の中をくまなく蹂躪（じゅうりん）されて、舌を強く吸われた途端に、痺（しび）れるような快感が全身を貫いた。

「んんんんんーっ！」

「これはベッシュか。クソッ！　アリサ、辛いかもしれないが教えてくれ。ベッドで、なにをされたんだ？」

どうしてシルヴェスタはそんな怖い顔をしてるの？　辛いかもしれないって……一体

なんのこと？

あの時ベッドで話してたのは……そうだ、私は元の世界で死んだんだって、言われたんだ。

あの時、自分の部屋でお風呂に入っている時に、きっと私は溺れて死んじゃったんだ……

ひくりと喉が鳴る。鼻の奥がツンとして、目の奥から熱いものが込み上げる。言葉を紡ごうとしても、戦慄く唇がそれを許してくれない。

そんな様子を見たシルヴェスタは、驚いたように目を見張り、私の身体を強く抱き締めた。

「わたし、わたし……」

「すまない。辛いことを聞いてしまったな。もういい。なにも言わなくていい」

「しる、ヴェスタ……」

「大丈夫だ、なにも心配する必要はない。すべて私に任せるんだ」

節くれ立った無骨な指が、頬の涙を拭き取る。ピクリと震えた私の耳元で、シルヴェスタの低い声が響いた。

「……今からアリサの熱を解放してやる」

第二十一話　熱が篭もる

「アリサ、ベッシュは催淫効果がある果物であって、毒ではない。故に解毒剤が効かないのだ。効果を薄めるには、ひたすら水を飲むか、もしくは……発散させるしかない」

どこか辛そうな顔でそう告げて、シルヴェスタはまるで真綿で壊れものを包むみたいに、そっと私をベッドに寝かす。

ギシリとベッドを軋（きし）ませ私に跨（また）がる赤い瞳は、どこまでも優しい。

扉のわずかな隙間から差し込む光が、盛り上がった筋肉に沿って黒い騎士服に影を浮かび上がらせた。

ぼんやりと目で筋肉を辿（たど）っていた私は、眦（まなじり）に残る涙を拭う大きな手に、我に返った。

「……私を信じてくれ。アリサを傷つけることは決してしない」

「しるゔぇすた……んっ」

普段から腰にくる、大好きなバリトンボイス。

それが今日はヤバいくらいに全身に響いて、まるで頭の中を直接愛撫されてるみたい。

凶器みたいな声から逃げたくて顔を背けると、大きな手があやすように頭を撫でた。

「怖いか？　大丈夫だ、アリサ。これは身体の熱を取るための行為だ。いやらしいことでも疚しいことでもない」

「ちがっ、みみ、だめ」

逃げられないように頭を押さえられて、唇との距離が狭まる。時々耳朶を掠める唇と湿った息の熱さだけで、呆気なく目の前に星が散ってしまう。

「やっ、あああっ」

「アリサ、大きな声は出すな。カンザが目を覚ます」

突然出てきたカンザの名前に、熱に浮かされた頭のどこかがクリアになった。

「死角に置いたが、奴が気が付くと厄介だ。なるべく声を出すな。いいな？」

そうだ。ここにはアイツがいるんだ。っていうか他の誰でも、こんな姿は絶対に見られたくない。

咄嗟に両手で口を覆う私を見つめていたシルヴェスタは、なにかに気が付いたように目を瞠った。

「これは……」

真上から伸ばされた手が、おずおずと胸を触った。

「すごいな……服の上からでも、こんなにくっきりとわかる」

正確にその位置を捉えた太い指がそっと乳輪をなぞり、確かめるみたいに胸の頂に触れる。ただそれだけなのに、ものすごい快感が押し寄せて、なにも考えられなくなった私はびくびくと身体を震わせた。

「んんんんんっ」

「可哀相に。こんなに勃っては、さぞ辛いだろう」

眉間に皺を寄せるその表情は悲しそうなのに、瞳の奥がどこか昏く揺れて見えるのは、どうしてだろう。

鋭い目つきでじっと見つめられて、快感とは違うなにかが、ぞくりと背筋を這い上がった気がした。

「しる、うぇすた……？」

「……待ってろ。すぐに楽にしてやるからな」

「んっ、んー、ンんっ」

「こんなに硬くしこらせて……堪らないな。ああ、ほら逃げてはいけない。しっかり集中するんだ」

メイド服のままベッドに横たわる私の胸を、休むことなくシルヴェスタの太い指が弄ぶ。

指の腹で先端を撫でられて、爪でカリカリと掻かれて、散々弄られて硬く勃った胸の頂はきっと真っ赤に腫れているに違いない。

シルヴェスタはびくびくと跳ねる身体を上から押さえつけながら、容赦なく私の胸を攻め立てる。

「あっ、も、や、だめ、シルヴェすた、へん、なんか、へん」

「どうした、アリサ。なにが変なのだ」

「なんか、きちゃう、やだ、おっぱい、じんじんする」

「ぐっ……、そ、そうか、おっぱいがじんじんするのか。だが、それでいいんだ。胸だけで媚薬効果が発散できるなら、それに越したことはない。もう少し頑張るんだ」

ギラギラと光る瞳でじっと観察しながら、シルヴェスタはいくら私がお願いしても乳首を苛める手を緩めてくれない。

それどころか段々と強くなる力で乳首がこりこりと捏ねられ、ぐにぐにと潰されて、弾けそうになる強い快感に、私は必死で頭を振った。

「やだあ、あ゛んっ、あ゛っ、アっ」

「ああほら、大きな声を出してはいけない。仕方ないな。口を塞ぐのを手伝ってやろう」

「んんっ、んーっ、んー」

突然ぬるりと侵入した分厚い舌が、口の中を犯すように激しく蠢く。

上顎をなぞった舌が、歯列を辿って私の舌と絡まる。そして乳首を扱く指の動きに合わせて、舌の根元が強く吸われた。

「んーーーーーーっ」

呆気なく絶頂に押し上げられた身体が、ビクビクと跳ねる。重なった唇の端から、どちらのものかわからない唾液が溢れた。

「……達したのか？　よし、いい子だ。その調子だ」

「あっ、しるヴぇすた、もう、おっぱい、いじめるの、やだあ」

「だめだ。これはベッシュの効果を発散させるために必要な行為だ。きちんと処理をしないと、お前の身体によくない。だから、もう少しの辛抱だ」

怖いくらい真剣な顔をしたシルヴェスタは、休むことなく乳首を二本の指で、くにくにと弄る。その手を止めたくて、私は太い手首をぎゅっと掴んだ。

「いや、おっぱい、これちゃだめえ」

「おっぱい捏ね……っ！　で、では、これはどうだ」

「ああああっ、それだめ、ちくびくりくりされたら、またいく、いっちゃうううううっ」

強い力で乳首を引っ張りながら捏ねられた途端、ふたたび目の前が白くなる。

爪先を丸めてビクビク震える私を、なぜか荒い息をしたシルヴェスタが眺める。

「そうか。アリサは乳首をくりくりされるのが弱いのか……では、これはどうだ」

「あっ、やあ、ひっぱるのもだめ、イってるの、いまイってるからあ」

「もうイったのか……？　そうか、ではこの動きがいいのだな」

「やあああああっ」

ビクビクと痙攣するみたいに震えてるのに、更にシルヴェスタは私の乳首を強く捩って追い詰める。

容赦なく胸に与えられる快感で、まるで全身が性感帯になったみたいに感じてしまう。

なにも考えられなくなった私は、大きく足を開いて、シルヴェスタの太腿に腰を擦り付けた。

「しるヴぇすた、もういや、こっちも、したもさわって……！」

「クッ、だがそこは……」

「だって、だって、ここがつらいの。はやく、はやくぅ……」

「アリサ、お前は……！」

突然、噛みつくように唇を奪われて、息もできないくらい深くまで舌が侵入する。

ブチブチッと布が破れる音と同時に、大きな手が私の足の間を弄った。

「んーっ、んーっ」

「すごいな……こんなに熱く濡れて……下履きが、ぐしょぐしょになってる」

「あ゛っ、あ゛っ」

下着の上から襞をなぞる指が、花芯を掠りながら上下に動く。そして襞に隠れた花芯が膨らむと、指の腹で焦らすように芯の周りをくるくると撫でた。

「アリサ、辛いのはここか……？」

「あっ、あ、そこ、」

「確かに、こんなに腫れていてはさぞ辛いだろう。だがアリサ、本当にいいのか？」

「いいって……？」

「ここは女性にとって大切な場所だ。そこを私に許すというならば、私はもう二度とアリサを放さない。……その覚悟はあるのか？」

指をぴたりと止めたシルヴェスタは、怖いくらい真剣な目で私を見つめる。

初めて見る、咎めるようなその表情は、まるで怒ってるみたいで――うやむやにしてしまいたかったことを思い出させる。

「あのね……わ、たし、わたし、しんだって」

「アリサ？　急になんの話だ？」

ひくっと喉が鳴って、目の奥が一気に熱くなる。でも泣くのを我慢して、一生懸命、言葉を続けた。

「カンザが、わたしは、しんだって。それで、このせかいから、も、きえちゃうって。だから、ぎしきが、ひつようだって」

「アリサ待て。先程から一体なんの話をしている。カンザに一体なにを言われた？」

「かんざ、が」

「泣くなアリサ。大丈夫だ。私がついてる」

「しる、べすた……」

回らない頭でも、これだけははっきりとわかる。

元の世界、いや日本で私が本当に死んでしまったのだとして。

この世界で生きていくには儀式が必要なんだとして。

胎内に楔(くさび)を打つのが儀式なんだって言うなら。

その相手は絶対、シルヴェスタがいい。

シルヴェスタじゃなきゃ嫌だ。

こらえきれなくなった涙が、ぼろぼろと頬を伝って落ちていった。

「……おねがい、しるヴぇすた。わたしに、くさびを、うって……？」

第二十二話　熱に溶ける

「楔（くさび）？　楔（くさび）とは一体なんの話だ？」

真上から覗（のぞ）き込む切れ長の赤い瞳が、戸惑うように揺らめく。

なにか言いたげに開いた口がふたたび閉じるのを、まるで薄いヴェール越しのような、どこかぼんやりとする視界の中で眺める。

「……いや、今はやめておこう。アリサ、大丈夫だ。なにも心配しなくていい。お前を苦しめるものから、すべて解放してやる」

「しる、ゔぇすた……？」

優しく微笑んだシルヴェスタは、そっと私の唇を啄（ついば）んだ。

「まずはこちらが先だ。辛いのだろう？」

「う……ん……あ、」

鼻腔に流れ込むお馴染（なじ）みの薄荷（はっか）の匂いと、優しく絡まる舌。

カラカラに渇いた喉を潤したくて、シルヴェスタの口から唾液を奪うと、褒めるみたいに頭を撫でられた。

もっと甘いキスに耽っていたいのに、名残を惜しむようにゆっくりと唇が離れる。

熱を落としながら唇が下へと這って、首筋を辿って胸へ、そしてお腹を通過して——

「なにも考えず、快感に身を委ねていればいい。だが、なるべく声は我慢してくれ。いいな？」

甘さを含んだシルヴェスタの低い声が、私のスカートの中に消えた。

「……ん、んンっ、んっ」

ぴちゃぴちゃと卑猥な水音がスカートの中から響く。

メイド服のスカートの裾から頭を入れたシルヴェスタは、ショーツの上からアソコに丹念に舌を這わす。

私の足を大きく開かせて、膨らんだ肉芽をカリリと齧られて、それだけで呆気なく達してしまう。もう何度目かわからない絶頂に、自分の指を噛んで声を押し殺した。

「ふっ、ん、んんんーーーーっ」

「ああ、すごいな。こんなに腫れては下履きが窮屈だろう。どれ」

太い指が器用にショーツの紐を解く。あっという間にさらけ出されたアソコを、太い指が這う。

弄られ過ぎて、すっかり膨らんだ芽を指の腹で撫でられて、押すように潰されて、くりくりと二本の指で扱かれる。

繰り返される容赦ない攻めが気持ちよすぎて、私はひたすら快楽を追うことしか考えられない。

「んっ、ふぅっ、んんンンーっ」

「蜜が溢れて零れそうだ。これは……堪らないな」

突然なにか熱いモノが、襞に沿って這い上がる。

それがシルヴェスタの舌で、秘所を直接舐められたのだと頭が理解するのと、蜜口がじゅうっと吸われたのは、ほぼ同時だった。

「ンぐぅっ」

アソコを覆った口がじゅうじゅうと蜜を吸って、襲った強い刺激に目の前が弾けて真っ白になる。

びくんと跳ねた身体を押さえるみたいに、私の足を大きく開かせていたシルヴェスタの腕に力が入った。

「ンぐっ、あ、……っあん、あ、んんんっ」

スカートの中から、じゅるじゅると蜜を啜る卑猥な水音が聞こえる。恥ずかしくて頭を振るのに、そのたびに奥から新しい蜜がコポリと溢れてしまう。

その時、太い二本の指が器用に包皮をめくり、隠れていた花芽を暴く。次の瞬間、剥き出しになった小さな突起に、鋭い刺激が走った。

「んんんんんーーーーーっ」

激しくイってビクビクしてるのに、シルヴェスタは執拗に剥き出しになった秘芽を吸い続ける。

強過ぎる快感に勝手に涙が零れて、私は思わずスカートの上からシルヴェスタの頭を押さえた。

「ああっ、つよい、しるべすた、それだめえ、またイっちゃう」

「アリサ、そんないやらしい声を出してはいけない。それとも、あの男に聞かせたいのか？」

「やだぁっ、ンんっ、ん、んンん」

「いい子だ」

必死で口を手で押さえる私の花芯をじゅるじゅると啜りながら、シルヴェスタの太い

指が襞を掻き分けて侵入する。

すごく久しぶりの感覚に喜んだ蜜道が、勝手に指を咥えてきゅんきゅんと震えた。

「ん……ん……んあっ、あっ、あっ」

「すごいな。まだ一本しか指を入れてないのに……きついな……」

「んっ……ふ、ん」

ごつごつと節くれだった長い指が、私の中で蠢く。

やがて、ぐるんと回された指が腹側の壁の一箇所を擦ると、ぞわりと切ない快感がお腹の奥から這い上がる。

堪らず大きく震えた私を、シルヴェスタは見逃さなかった。

「ああ、ここだな。確かにざらざらしている。ほら、わかるかアリサ。すごいぞ、熱くてドロドロに溶けて、私の指を美味しそうに食べている」

アソコの中でくいと曲げられた指が、私の弱い所を的確に捉える。

ビクビク震える私を更に責めるように指が二本、三本と増やされて、お腹側の壁の一点をぐちゅぐちゅと擦り上げるたびに、腰が反ってしまう。

「ンんっ、ソコ、へん、いやあ」

「そうか、アリサはここが好きなんだな？　では、もっとたくさん食べさせてやろう」

「んんんんっ」

じゅるじゅると肉芽を吸われながら同時に中も攻められて、じわじわと迫る大きな熱に、うわごとみたいにシルヴェスタの名前を呼ぶ。

「しるヴぇすた、しるべすたぁ」

「ん？　どうした？」

「しるべすたの、ほしい。……ほしいよぉ、おねがい……っ」

指じゃなくて、もっと大きいのがほしい。もっと太くて硬いのが奥にほしい。熱くて硬いシルヴェスタので、ココをぎちぎちに埋めてほしい。奥をいっぱい突いてイかせてほしい。

気が付くと腰を上げていた私は、おねだりするみたいにシルヴェスタの顔に秘所を擦り付けていた。

「……だめだ。ここではだめだ」

「やだぁ、しるヴぇすたの、ほしい、ね、ちょうだい、はやく」

「ぐっ……アリサ……！」

がばりとスカートから出たシルヴェスタが、突然、唇を奪った。

切羽詰(せっぱつ)まったような激しくて獰猛(どうもう)なキスに、息ができなくて、くらくらする。

「……アリサ、今はだめだ。だが事が片づいた暁には、お前の好きなだけ、これをくれてやる」

「んっ、ふん、んんっ……ンぐ」

「わかるか？　私がどれだけお前の中に入りたがっているか」

シルヴェスタが私の手を掴んで、自分の股間へと誘う。ズボンの上からでもはっきりわかる熱い屹立は、私の手首より太くてガチガチに硬くなっている。

ズボンの上からなぞって形を確かめると、手の中でびくんと熱が震えた。

「……アリサ、想像してみろ。これがお前の中に入るんだ。……わかるか？」

「ん、あ、しるヴぇすたの、おっきい」

「そうだ。アリサの好きなここも、指では届かない一番奥の壁も、たっぷり可愛がってやれる」

アソコを出入りする指の抽送がだんだん激しくなって、大きな波みたいな快感が間近に迫ってくるのを感じる。

涙を流してふるふると頭を振る私を、シルヴェスタはニヤリと獰猛な笑みを浮かべて見つめた。

初めて見るような、余裕のない、まるで獣みたいなギラギラと光る瞳。

「……覚悟しろ。泣いて嫌がっても何回もイかせて、ここにたっぷり私の子種を注いでやろう」

「あ、あ、しるべすた、だめ、わたし、あ……」

「……いけ」

命令するようなシルヴェスタの低い声に、絡まった熱が全部解けて視界が真っ白に染まる。

その瞬間ふたたび貪るように唇を奪われて、あまりに強い快感に、爪先がぴんと突っ張ってしまう。

「んんんんーーーーーーーっ」

ガクガクと激しい痙攣に襲われた私は、そこでふつりと意識を手放した。

第二十三話　事情聴取　シルヴェスタ視点

ガクガクと身体を仰け反らせ、アリサが達したのがわかった。

私の肩に爪を立てる手から少しずつ力が抜け、やがてシーツの上にパタリと落ちる。

私は乱れたアリサの衣装を直し、そっと上布を掛けた。

先程までの荒い息は落ち着き、穏やかな寝息を立てているが、頬に残る涙の痕が痛々しい。

額に口付けを落とし立ち上がった私は、ベッドからは死角になっている部屋の隅へと向かった。

余韻に浸っている場合ではない。早急に対処しなければ――恐らく残された時間は、わずかなのだから。


「起きているのはわかっている。詳しい話を聞かせてもらおうか。カンザ」

「…………流石に、貴方の目は……ゴホッ、誤魔化せないようですね」

部屋の隅に転がっていた塊を爪先で蹴ると、ゆっくりと動いたのがわかった。

本来ならば一刀のもとに切り捨てたいほど忌々しい存在だが、そうも言っていられまい。

ベッドに立てかけていた剣を抜き、その切っ先をカンザの喉元に向けた。

「無駄口はいい。私の質問にのみ答えろ。……黒髪の乙女、いや、アリサが死んだとは一体どういうことだ。そして儀式とやらの詳細も教えてもらおうか」

「アリサ様が死んだ？　そのような荒唐無稽なこと、誰が言ったのですか？　それに儀式とはどの儀式のことですか？　神殿長たる私は毎日様々な儀式を執り行っています。シルヴェスタ殿の言う儀式とは、どれのことでしょう」

「……そうか、あくまでしらを切るつもりか」

カンザを睨んだまま喉元に突きつけていた切っ先を外すと、ゆっくりと剣を鞘に収める。次の瞬間、今度は剣の柄をその細い顎に叩き入れた。

「ガッ……！」

骨に当たる鈍い音と共に、カンザの細い身体が床に倒れる。近寄った私は、顎を押さえて床に蹲るカンザの首を、容赦なく上から踏みつけた。

「このまま足に力を入れれば、お前の細い首など簡単に折れるだろうな」

喉仏を踏まれて苦しいのか、奴の口から声にならないヒューヒューという音が漏れる。

「それでは、もう一度聞こう。アリサが死んだとは、どういうことだ。それは彼女が生贄にされたという意味か？　つまりはお前が儀式とやらで殺したのだろう？」

「わ、私がアリサ様を弑し奉るなど、そんなことは天と地がひっくり返ろうともありません！　そもそも私はアリサ様をお助けしようと、こちらの世界に呼んだのです。今とて、本当は一刻を争う事態。早急に儀式を執り行わないと、アリサ様と二度と会えなくなるかもしれないのですよ!?」

カンザのその言葉に、意図せず眉がピクリと動いたのがわかった。

「……その話、詳しく聞かせてもらおうか」

喉を押さえていた足から力を抜く。苦しそうに咳き込んだカンザは、涙の滲んだ瞳で悔しそうに私を睨み上げた。

「そもそもアリサ様は我々と同じ人間ではありません。異なる世界にいらした、聖なる乙女の魂を持つ尊き方です」

「異なる世界？　聖なる乙女の魂？　なんだそれは」

「それがいかなる場所、いかなる仕組みなのかは、私にもわかりません。ただ、神殿に残された書物によると、そもそも聖なる乙女とは、女神が異なる世界から呼び寄せた存在なのだそうです」

そこで話を区切ったカンザは、真っ直ぐに私を見上げた。

「ご存知かもしれませんが、私はそもそも北の貧しい農村の人間です。幼い頃に口減らしのために娼館に売られたのを、前神殿長のヤヌ様に助けてもらったのです」

前神殿長のヤヌは人格者として有名な人物だった。

かつての戦の折、当時一介の神官に過ぎなかったヤヌは自ら最前線に赴き、無償で負傷者を治療して回った。その功績が認められ、戦が終わると同時に神殿長に昇格したのだ。

だが彼はその地位や権力に驕ることなく、自分の後継者としてカンザを育てたあとは、あっさりと身を引いたと聞く。

「それがどうしたと言うのだ」

「初めてヤヌ様に連れられ、この神殿の壁画を見た時、私は激しい衝撃を受けました。宝石の如き漆黒の瞳に、美しい黒髪。嫋やかな笑みを浮かべ私を見つめるその表情の、なんと慈愛に満ちたことか……。この世にはこんなに美しいものがあるのかと思いました」

熱が篭もった瞳で虚空を見つめるカンザの頬が、上気したように赤く染まっていく。

「壁画の前から動けなくなった私に、ヤヌ様はおっしゃったのです。私の持つ神力は強く、修行を積めばもっと強くなると。故に今まで誰も為しえなかった『聖なる乙女の召喚』ができるのではないか、と。ですから私は毎日欠かすことなく、女神の泉へ祈りを捧げて参りました」

「……」

「そして今から三か月前、私がいつものように泉に祈りを捧げていた時です。突然、水面が光り、美しい女性の姿を映し出したのです。少年の如き短い髪をしていましたが、私には一目でわかりました。この方こそが聖なる乙女の魂を持つ方だと」

「……つまり、それがアリサだと言いたいのか？」

「はい。アリサ様が私の前で動き、笑みを浮かべるさまは、まるで夢のようでした」

目を瞑り、恍惚とした表情を浮かべるカンザに、私はふたたび爪先を喉に当てた。

「戯言はいい。続けろ」

「……わ、私の見守る中、アリサ様は寝台に横になったかと思うと突然胸を押さえ、ひどく苦しみ始めたのです。ですから私は神力を込め、女神に祈りました。どうぞこの女性をお救いください、と。するとアリサ様は透き通るように姿を消しました」

「待て。三か月ほど前だと言ったな？」

今から三か月前。それは確か、アリサが初めて私の前に現れた時と一致する。だがしかし……

「はい。そしてそれからアリサ様は度々、その姿をお見せくださるようになったのです。そうそう、怪我をされたのか、足を引きずっていらっしゃった時もありましたね」

「足の怪我？」

「そして一昨日のことです。いつものように祈りを捧げている時、突然泉にアリサ様が浴槽で溺れる姿が映し出されたのです。ですから私はありったけの神力を込めて女神に祈りました。どうか、私のもとに黒髪の乙女を、と」

突然、怒ったように眦を釣り上げたカンザが、私をキッと睨んだ。

「神殿には、こう伝わっています。聖なる乙女の知慧は深く、我々の人智を遥かに超えるものでありながら、その肉体は驚くほど脆い。故に、聖なる乙女を護るために人々が集まったのが神殿の起こりであり、そして神殿長とは生涯に亘り乙女を護る者、つまりは乙女の伴侶なのだと。ですから本来なら神殿長である私こそが、誰よりもアリサ様に相応しいのです！」

「……だが、アリサは私のもとに現れた」

「いかなる理由でアリサ様が貴方を選んだのかは、わかりません。ですが、これだけは覚えておいていただきたい。神殿は、いえ私は、貴方のような野蛮で血に塗れた人間が聖なる乙女の伴侶だなどと、絶対に認めません」

「前も言ったはずだ。誰を選ぶのかは、我々が決めることではない」

私はカンザの首から足をどかすと、今度はその首元を掴んで上に吊り上げた。

「本題はこれからだ。さっきお前が言っていた一刻を争う事態とはなんだ。早急に儀式を行わないと、二度とアリサに会えなくなるとも言ったな。儀式とは、なんのことだ」

「……儀式とは女神の泉に祈りを捧げることです。早急に祈りを捧げないと、アリサ様はまたご自分の世界にお戻りになってしまうのです。ですから私はアリサ様と二人きりに……」

「よく聞け、カンザ」

掴(つか)んだ手に力を入れて締め上げると、白く整ったカンザの顔が面白いように赤くなっていく。

「アリサが泣きながら言っていたぞ。私は元の世界で死んだのだと。そして儀式をしなければ、この世界からも消えるのだと。そして——どうしても儀式が必要なら、私に『楔(くさび)』を打ってほしいと」

私の言葉に、初めてカンザの顔が歪み、細い眉がピクリと動いた。

「時間の猶予がないのはお互い様だ。だから、こちらからも有用な情報を提供しよう。お前は神殿で貧しい農村の女子供を保護しているそうだな」

「……それがなにか？」

「女の一部が奴隷商に流れている。しかも、お前の指示だと奴隷商は証言しているぞ」

「そんな……嘘です！　ありえない！　私は決して、そのような指示を出していません！　一体誰がどうして……」

驚愕に目を見開いたカンザの首から手を離すと、カンザは無様に床にへばりついた。

「奴等の証言がある限り、お前の潔白を証明するのは難しいだろうな」

「わ、私は身売りされる子供や女性を一人でも助けたいと今まで……！　そんな、そんな……」

「皇国騎士団、いや私ならお前の無罪を証明できる。こちらに協力するならの話だが」

私の言葉に、はっと顔を上げたカンザは、悔しげに眉根を寄せた。

「……皇国騎士団長シルヴェスタ・ヴェアヴォルフは非情な人間だ。利用できるものはなんでも利用し、目的のために手段は選ばない。そして自分の敵には容赦しない。彼の歩いたあとには死人の山ができる……。噂は本当なのですね」

「大事の前の小事だ」

「ふ……確かにある意味、これ以上頼りになる人はいないのかもしれません」

ゆっくりと立ち上がったカンザは、口の端に歪な笑みを浮かべた。その笑みは自嘲にも、感情を無理やり押し殺したようにも見えた。

「いいでしょう。知ってることをすべてお話ししましょう。……どのみちアリサ様がお選びになったのは、この私ではなく貴方なのですから……」

第二十四話　目覚めたら雄っぱいアゲイン

ゆらゆらと世界が揺れる。

温かいものに包まれて、上下に揺れたり左右に揺れたり、まるでお風呂に浸かってるみたい。

……いいや、違うな。これは……そう、誰かに抱っこしてもらってる、そんな揺れ方に似てるんだ。

思い返せば、私にはあまり抱っこをしてもらった記憶がない。

今にして思えば、私は三人兄妹の真ん中。目を離すとすぐ迷子になる兄と、まだ上手く歩けない弟に挟まれた私が放っておかれたのは、仕方のないことだったんだと思う。

でも、子供の時はそんな事情はわからなかった。

だからたまに抱っこしてもらえた時は、それはもう嬉しかったのを覚えてる。いつまでも抱っこしててほしくて、わざと寝たふりしてたっけ。

あれ、もしかして私の筋肉好きはそこからきてるのかな。

ぶっとい腕で、強く強く抱き締められるのが好き。

背骨が軋むぐらいぎゅってされて、息が詰まる感じが好き。

逞しい胸で受け止めて甘えさせてくれる、そんな筋肉が……ううん、そんなシルヴェスタが好き……

「アリサ、アリサ……？」

誰かに呼ばれた気がして、ゆっくりと目を開ける。ぼんやり滲む視界に映るのは、やたらと豪華な天井だ。

「アリサ、起きたのか？」

「……シルヴェスタ？」

声のするほうに寝返りを打った私は、そこにあった雄っぱいの谷間に、条件反射で頬をすり寄せる。

すると、すぐにぶっとい腕がぐるりと回されて、逞しい筋肉の中に優しく閉じ込められた。

「気分はどうだ？　怠かったり気分が悪かったり、どこか身体でおかしな所はないか？」

「ううん。大丈夫だよ。……ふふ」

「うん？　どうした？」

「だってシルヴェスタとこうするの、すごく久しぶりだなあって」

すりすりと滑らかな肌に頬ずりして、久しぶりの雄っぱいの感触を堪能する。

絶対、私よりカップが大きいだろうっていう見事な谷間は、力を抜いているのかふかふかだ。

こんないい筋肉に直に触れるなんて、すごく贅沢だよね……

そんな至福のひと時を堪能していた私は、ふとシルヴェスタの上半身が裸なのに気が付いた。

「あれ、珍しい。なんで服着てないの？」

「ああ、服はその……随分汗で汚れてしまったので脱いだのだ。……まずかったか？」

「汗？」

「アリサは本当に大丈夫なのか？」

やたらと心配そうな声と、労るように背中を撫でる慎重な手の動き。

次の瞬間、走馬灯のように昨夜の出来事を思い出した私は、思わずぐりぐりと雄っぱいに顔を押し付けた。

そうだった！　昨夜はあのカンザに媚薬を盛られてヤバかったのを、シルヴェスタが！　シルヴェスタに!!

「どうした？　やはり気分が悪いのか？」

「だ、大丈夫！　大丈夫だから！　でも、なんで私はここにいるの？　いつの間に神殿から戻ってきたの？」

恐る恐る顔を上げて辺りを見回すと、ここがもはやお馴染みとなったシルヴェスタの部屋だと確信する。

でも、確か私は神殿にいたはずだ。だってカンザに誘拐されて、それで……？

「落ち着け。ここは城にある皇国騎士団の寮舎で、私の部屋だ。今しがた神殿から馬でここに戻ってきたところだ」

「へ？　馬？」

ええと、つまりは私が寝ている間に、シルヴェスタが馬でここに連れてきてくれたってこと？

神殿って、ここからかなり距離が離れてるのに、しかも馬ってものすごく揺れるだろうに、それなのに全然気が付かないで寝てたの？

まあ確かにあんなに激しく何度もイかされたら、そりゃあ疲れるっていうか、熟睡するっていうか、気絶するっていうか……うわあああああ！

昨夜の乱れっぷりを思い出して恥ずかしさのあまりに悶える私の背中を、大きな手が慰めるみたいに撫でる。

「すまない。嫌なことを思い出させてしまったようだな」

「うううっ」

「アリサ、思い出すのも辛いだろうが教えてほしい。カンザの話を、どこまで覚えている？　儀式のことは聞いたか？」

「儀式？　儀式って、なんだっけ。そういえば、あの変態がなにか言ってたけど……」

なんとか記憶を手繰り寄せた頭の中に、あの変態の言葉が蘇る。

奴は確かこう言った。

まずはこの世界の食べ物を食べて、それから胎内に楔を打ち込めって。そうしないと、私は、この世界から消えてしまうだろうって。

胎内に楔ってあれでしょう？　つまりはえっちしろっていうか、アレをぶち込んでもらえって意味だよね？

だから私は、シルヴェスタに挿れてくれって泣いてねだって……

「うううううーっ」

「アリサ、大丈夫だ。泣くな。なにも心配する必要はない」

雄っぱいの谷間に顔を突っ込んで激しく羞恥に悶える私を、シルヴェスタは慌てたようにぎゅっと抱き締めた。

「……私もカンザから儀式の詳細を聞いている」

「えっ？」

思わず顔を上げると、逡巡するように眉間に皺を寄せていたシルヴェスタは、ひどく言い難そうに口を開いた。

「奴が言うには、こちらの食べ物を食べさせ、そしてその……胎を子種で満たす必要があるそうだ」

「こ、子種!?」

あまりにもあからさまな物言いに、柄にもなく顔が熱くなるのがわかる。

胎内に楔を打つって、そういうことだったの？　子種って本当に？　そこまでしなくちゃいけないの？

「アリサが嫌でなければその役目、私にさせてもらえないだろうか」

「ちょ、ちょっと待って」

その時、私はお腹に当たる硬いモノに気が付いた。

いや待って、もしかしてこれって……？

「私は二度とお前を失いたくない。ずぶ濡れでアリサが倒れていたのを見つけた時、どんな気持ちになったかわかるか……？」

大きな掌(てのひら)が躊躇(ためら)うように私の頬に触れ、太い親指がそっと唇の形を確かめる。

「もう、あのような思いはしたくないのだ」

「シルヴェスタ、あ、あの……」

「私ではだめか？」

いや、それはだめじゃない。正直言うと、むしろ喜んでお願いしたいくらいなんだけど、でもちょっと待ってほしい。こんな急展開、流石(さすが)についていけない。

だって今までは、私からシルヴェスタを触ってた。

まるで痴女みたいに、雄(お)っぱいやら腹筋やらを触りまくってた。

それどころかこの肉体をベッドにしたり、マッサージさせたり、膝の上に座って抱きついたり、そりゃあもう好き放題にやらかしてた。

でもそれって、シルヴェスタがなにも反応しないから、だから安心して触ってたっていうかさ？　この人は触っても大丈夫、紳士だから手を出さないだろうって、そんな安心感があったからできてたんだ。

だから、つまり、なにが言いたいかっていうと、シルヴェスタのほうから積極的にこられると、どう対応したらいいかわからないっていうか……

正直、今、無茶苦茶テンパってるんですけど！

「や、ちょ、ま、待って」

気が付けば、太い指が器用に私の服の小さなボタンを外している。

その間も、硬くて熱い塊(かたまり)が私のお腹にぴったりくっついて、その存在を激しく主張する。

「どうした？　いつもはアリサから私に触れてくれるだろう？」

「あ、だ、だって……シルヴェスタの、当たってるから……」

「フッ……、お前は男の欲について少し学んだほうがいいかもしれんな」

「え？」

「いつも、どれだけ自分の昂(たかぶ)りを抑えるのに苦労していたか……ほら、わかるか？」

大きな手が私の手を掴(つか)み、太い杭に触れさせる。

その途端、熱い塊(かたまり)はまるでここが窮屈(きゅうくつ)だと言わんばかりに、びくりと震えた。

うわ、シルヴェスタのでっか……じゃなくて、ちょっと待て！

「だって、だってさ、いつも触っても平然としてるから、だからシルヴェスタは私に興味ないのかなって」

「アリサのような綺麗な女にあれだけ触られて、平気なわけがないだろう」

「うそ、だってそんな素振り、今までちっとも……」

「いつだって、これを挿れたくてしょうがなかった。あのように無邪気に私の身体を触り、あまつさえ肌を晒していたのだ。……覚えているか、お前の足が攣った時を」

「あっ、あぁっ」

突然、身体を起こしたシルヴェスタが私の足を掴み、まるであの時の再現をするみたいに、下から上へとふくらはぎを撫でる。

「この白く柔らかな足に、私がどれだけ欲情していたか、気が付いていなかったのか？」

「あっ、だって、だって……んんっ」

ふくらはぎを通過した掌が膝裏を支え、そこにシルヴェスタの熱い唇が落とされる。

チリッとした火傷みたいな快感に、身体が震えるのがわかった。

「んっ、待って、シルヴェスタ」

「しどけなく足を開き、私を誘っていた自覚はあるか……？」

——獰猛な光を湛えた赤い瞳が、薄闇の中、ギラリと光った。

第二十五話　本気を出した男

薄闇の中に浮かび上がる引き締まった筋肉は、まるで磨き抜かれた大理石の彫像のよう。

その際立った造形に見惚れていると、ニヤリと口角を上げたシルヴェスタは、見せつけるように雄々しく反り返った昂(たかぶ)りをさらけ出した。

「……もう逃がさないぞ」

ゆっくりと覆(おお)いかぶさったシルヴェスタの重みでベッドが軋(きし)み、大きな身体が視界を塞(ふさ)ぐ。

顎(あご)を掴(つか)んで上を向かされて、深紅(しんく)の瞳に見入っていると唇が優しく食べられた。

「……いい子だアリサ、口を開けるんだ」

「ん……」

大好きな低い声で命令されて、開いた口に濡れた舌が侵入する。

すべての歯列をなぞった舌が上顎(うわあご)の奥を擽(くすぐ)るように撫(な)で、私の舌をやわやわと噛んだかと思うと、今度は強く吸う。

どうしよう、こんな場所が、キスがこんなに気持ちいいなんて、そんなの知らないよ……

口の中を犯されるような獰猛なキスに、身体がふるりと震えてしまう。すると細めた目の奥が揺れて、シルヴェスタが喉の奥で押し殺すように笑ったのがわかった。

「ああ、アリサ。その顔……堪らないな」

一層激しくなるキスに、私はただ甘い吐息を零すことしかできない。

口の中をとろとろにされている間も、熱い掌はマッサージみたいに首筋から肩を揉み、胸の形を確かめて、お臍をなぞり、腰から太腿を撫でて解す。

確実に感じる場所を探り当てる手は、快感を簡単に煽っていく。まるで全身がバターみたいに、柔らかく溶けてしまいそう。

「ん……シルヴェスタの手……気持ちいい……」

「ああ、ここが随分凝っているな。それに、こんなに濡れたものを身につけていては冷たいだろう」

いつの間にか服を脱がしていた指が、器用にショーツの細いレースの紐を解く。

突然晒された冷たい空気にぎゅっと自分を抱き締めると、シルヴェスタは手を止めて、まじまじと私を見つめた。

「アリサ……とても綺麗だ」

「や、だ、そんなに見ないで。……恥ずかしい……よ」

「隠すな。もっとちゃんと見せてくれ」

胸を隠そうとした手がやんわりと掴まれて、軽く触れるだけのキスが何度も口に落とされる。

まるで懇願するような甘い口付けが切なくて、シルヴェスタの頬を両手で挟んで近寄せる。すると私を覗き込む深紅の瞳と目が合った。

「今まで何度、お前をこの手に抱きたいと思ったか。アリサが欲しくておかしくなりそうだった」

熱い吐息と一緒に反り返った屹立が下腹に当てられ、柔らかな唇が私の首を食む。

唇と一緒に微かな甘い痛みが移動して、次々に押されるシルヴェスタの刻印に、身体が勝手にビクビクと震えた。

「この白く柔らかな胸に、ずっと触れたいと思っていた」

「シルヴェスタ……んぁっ……」

壊れやすいガラスを触るみたいに大きな手が優しく私の胸を包んで、近づいた唇がツンと尖った頂を咥える。

丹念に舌で形を確かめて味見するみたいに口に含まれたかと思うと、シルヴェスタはピチャピチャと音を立てて胸を吸い始めた。

「ああっ、ん、ぁあっ」

「ふ、こんなに物欲しげに尖らせて……、なんと可愛いのだ」

急に強く吸われて跳ねた腰を、太い腕が上から押さえ込む。

口の中で胸の先端を舌で弄られて強く吸われている間に、もう片方の先端は二本の指で挟まれて、こりこりと潰すように嬲られる。

胸がじんじんする強い刺激に背中が粟立ち、アソコからとろりと蜜が溢れたのを感じた。

「あああああっ、ん、やぁっ」

「甘いな……アリサはすべてが甘い」

「う……そ、甘くなんて……あぁっ」

「ふ……では他の場所も舐めて確かめてみよう」

胸の頂を吸いながら空いている手を下の口に這わせ、蜜の滴る襞をそっとなぞる。

くちゅりと音を立てて侵入した指が蜜を掬って、秘芯をくるくると撫でた。

「あぁあっ」

太い指の腹で肉芽を撫でられて、摘まれて、潰すように押されて、鋭い快感に私は嬌声を上げ、身体をしならせる。

ぐずぐずに溶けた中に太い指を入れ、シルヴェスタは襞を確かめるように指を動かした。

「あっ、ぁあっ、……あ、ンんっ」

「ああ、こんなに蜜を垂らしてもったいない。それに一本だけなのに、きついな……」

ゆっくりとシルヴェスタの頭が視界から消える。

膝頭を掴まれて、大胆に開かれたアソコに生温い息がかかる。恥ずかしさのあまり私はぎゅっと目を瞑った。

「シルヴェスタ、やだ、それ恥ずかしいっ……！」

「大丈夫だ。すべて私に任せておけ」

「ンんっ、そこでしゃべっちゃダメ、あ、待って……ンンンんッ」

突然襲った強い刺激に、白い光が弾ける。

じゅるじゅると花芯を吸う水音と、アソコを指で掻き回すくちゅくちゅといういやらしい水音。

強い快感に跳ねる腰を片手で押さえて蜜を啜りながら、太い指が蜜壺を掻き回す。

やがて中で指がくいと曲げられて、お腹側の壁のある一点を擦り上げた瞬間、今までとは違う快感に身体が大きく跳ねた。

「あっ……あああっ！」

「ここがアリサのいい所か。指をこんなに締めつけて……。ふ、もっと気持ちよくしてやろう」

「あ、そこ、すごい、シルヴェスタ、あ、ぁ、ぁ」

指を二本に増やしたシルヴェスタは、壁の一点を執拗に刺激する。

指をピストンされて、さんざん舌で嬲られた肉芽も痛いくらい敏感になって、私は間近に迫る絶頂に激しく首を振った。

「や、そこいや、シルヴェスタ、なんか変なの、やだあっ」

「いいぞ、そのまま快感に身を委ねるのだ」

「あ、や、ぁ、あああああああっ」

がくがくと身体をしならせながら達した私のアソコが、咥えた指をひくひくと締めつける。

名残惜しげに指を引き抜いたシルヴェスタは、額に優しくキスを落とした。

「できる限り優しくするが、痛かったら言ってくれ」

「うん……、ふ、ふふ」

「うん？　どうした、なにがおかしい？」

「だって……痛いって言ったら、やめられる、の？」

浅い息の合間に問いかけた意地悪な質問に、シルヴェスタは一瞬虚を衝かれたように目を瞠る。

だけど次の瞬間、それはもうニヤリと意地悪な笑みを浮かべた。

「確かに、それは無理だな」

見事な腹筋にくっつかんばかりにそそり立つ屹立に手を添えたシルヴェスタは、その先端を蜜口に押し当てた。

「ならばアリサが痛くないように、全力を尽くすのみだ」

「あっ、あっ、あっ」

くぷりと入った先端の大きさに、自然と身体が強張って息を呑む。

みちみちと襞を掻き分け、押し進む灼熱の塊に、すべての感覚が持っていかれそう。

引き裂かれるような、すべてが中に入り込むような圧倒的な存在感に、気が付くと私はぎゅっと身体に力を入れていた。

「アリサ……痛くないか」

「う、ん……シルヴェスタ……やめないで……このまま、奥まできて……」

「……っ、アリサ、お前はどこまで私を翻弄するつもりだ……」

眉間に皺を寄せ、苦しげな表情を浮かべながら、ゆっくりとシルヴェスタは肉杭を穿つ。

やがて最奥まで杭が埋まると、覆いかぶさるように私を抱き締めて大きく息を吐いた。

「ああ……すごいな……喰いちぎられそうだ」

「う……シル、ヴェスタ……」

痛いのか苦しいのか、それともようやく一つになれて嬉しいのか、涙が溢れて止まらない。

そんな私を見つめるシルヴェスタは、なにかを耐えるみたいに苦しそう。額に光る大粒の汗が見える。

「泣くなアリサ。泣かないでくれ」

「ううん、ちがう、ちがうの」

「だが……」

「シルヴェスタ……好き。大好き。だから、一つになれたのが、嬉しくて……」

「クッ、アリサ……！」

ビクンッと私の中の昂(たかぶ)りが震え、その質量が一気に増す。そして次の瞬間、シルヴェスタは猛然と腰を振り始めた。

「あっ、やっ、なんでっ、ああああああんっ」

「アリサ、アリサ、アリサ……っ！」

力強く大きなストロークで奥が穿(うが)たれ、そして引き抜かれる。そしてまた一気に奥まで突かれ、ギリギリまで引き抜かれる。

何度も同じ動きが繰り返されて、とろとろに溶けた蜜壺から、じゅぽじゅぽと卑猥(ひわい)な水音が聞こえるのが恥(は)ずかしい。

「ああっ、すごい、すごいの、これすごい、ああっ」

「アリサっ！」

足首を掴(つか)んで大きく開かせたシルヴェスタは、今度は深く抉(えぐ)るように腰を振る。

太くて硬い熱杭を奥の壁に押し付けられると、気持ちがよすぎて中が勝手にぎゅっと締まってしまう。

込み上げてくる快感に、目の前がチカチカと白くなった。

「は、あぁっ、ああっん、それダメ、奥だめえっ……！」

間近に迫る絶頂が怖くてぎゅっと抱きつくと、躍動する筋肉を感じる。

揺れる視界の端に映る逞しい両腕が、汗に濡れて光って見えた。

「シルヴェスタ、すごい、すごいよ……」

溢れた蜜が恥ずかしいくらいに零れて、お尻に伝っているのが自分でもわかる。

シルヴェスタは私の足を持ち上げて自分の肩にかけると、今度は上から押し潰すように腰を振り始めた。

「や、シルヴェスタ、それすごい、そこ、すごいの」

「アリサ……アリサ……なんて締めつけだ」

お腹の奥から込み上げる快感に侵食されて、熱に浮かされるみたいに首を振る。

「アッ、アッ、もうだめ、いっちゃう、いってる、シルヴェスタ、あ、あ、ああああああああっ」

「グッ……アリサ、受け止めろ！」

叩きつけられる杭が、ブワッと膨らんで弾ける。

苦しいくらい強い力で抱き締められながら、すごい勢いで流れ込む熱い飛沫が、私の中を満たしていくのがわかった。

第二十六話　プロポーズ

「……アリサ、大丈夫か？」

掠(かす)れたシルヴェスタの声に、ぐったりとベッドに横たわっていた私はゆっくりと目を開けた。

肩で荒く息をしながらも心配げに目を眇める額(ひたい)には、大粒の汗が光る。

今にも滴(したた)り落ちそうな雫(しずく)に手を伸ばすと、私の中に入ったままの塊(かたまり)が、ぴくりと抗議した。

「ん……、シルヴェスタの、まだすごく、熱い」

「ああ。……ふ、これではまるで拷問(ごうもん)だ」

「ぁあ……んっ」

シルヴェスタはまだ硬い雄をずるりと引き抜くと隣に横たわり、うしろから手を伸ばして私を腕の中に収めた。

回された太い腕を枕にした私は、心地よい倦怠感(けんたいかん)に浸りながら、うっとりと目を瞑った。

「……なあ、教えてくれ」

「んー？　なあに？」

「アリサにも家族がいるのか？」

「家族？」

「ああ。カンザに聞いたのだ。お前は元々、別の世界に住んでいたのだと。つまりは我々と同じように、親や家族がいるのだろう？」

「ああ……うん。そうだよ」

まるで一気に部屋の温度が下がったような、急に身体が冷えたような、そんな居心地の悪い感覚が襲う。

だって、なるべく考えたくなかった。

私はもう日本に帰れないってこと。

実家の家族のことと、中途半端にやりかけた仕事。


仕事は好きだ。

チームリーダーなんて肩書きが名刺につくようになったのは、去年から。

なにか輝かしい実績が認められたなんてことはなくて、単に私が扱いやすい、上にとっては都合のいい人材だったから、それだけだってわかってる。

だけど、それでもすごく嬉しかった。だから残業だって頑張れた。

九州にある実家を出たのは十八歳、高校を卒業した年だ。東京の大学を出てそのまま就職して、以来東京でずっと一人暮らし。

元々放任主義の両親だから、進学も就職も私の好きなようにさせてくれた。

実家に同居する兄に娘が生まれてからは、ますます干渉されなくなったように思う。

でもさ、これはよくないよ。

いくら私の代わりがいるからって。

いくら放任主義の親だからって。

突然いなくなるのはよくない。そんなの絶対だめなんだ。


鼻の奥がツンとして涙が出そうになるのを、なんとか我慢しようと瞬きする。

歯を食いしばり、嗚咽が漏れないように肩で大きく息をする。

でも、そんな私の精一杯の抵抗はなんの意味もなくて、あっという間に溢れた涙が目頭から零れていった。

「……泣いているのか？」

「……う……ちが……」

「我慢しなくていい。アリサ、我慢しなくていいんだ」

私をぎゅっと閉じ込めていた腕が外れ、大きな手が慰(なぐさ)めるように頭を撫(な)でる。

そんな優しい仕草にますます涙が止まらない私の目尻を、寄せられたシルヴェスタの唇がそっと拭った。

「……私がお前の家族になろう」

「え……？」

「どう足掻(あが)いてもアリサが失うものの代わりにはなれない。誰もお前の父上や母上の代わりはできない。だが新たに家族を作ることはできる。違うか？」

「シルヴェスタ……」

「私、シルヴェスタ・ヴェアヴォルフは生涯の忠誠をアリサに捧げよう。どうか私の妻になってはくれまいか……？」

互いの汗で湿った肌が、まるで接着剤みたいに互いの身体をくっつける。

背中から伝わるのは、私より少し高い体温と、甘く囁(ささや)く低い声の振動、そしていつもの薄荷(はっか)の香りに――逞(たくま)しい雄(お)っぱいの隆起(りゅうき)。

「……ふ、ふふふ」

「どうしたアリサ、なぜ笑う？」

「ううん、ごめん。ちがうの、なんでもない」

いや、だってさ、こんなに素敵なプロポーズの最中に、実は雄っぱいのことを考えてました、だなんて、そんなの口が裂けても言えないよ。

でもさ……と、私は思い返す。

初めて会った時から、私の頭の中は雄っぱいでいっぱいだった。

普段通りにベッドで横になったのに、目を開けたらそこにあったのは見事な雄っぱい。

夢だと思った私は、速攻で雄っぱいを揉んだよね。

すっかり涙が乾いてクスクスと笑うと、背中に当たる昂りが、私の身体の振動に合わせてピクピクと主張する。

振り向いてシルヴェスタと目を合わせた私は、わざと意地悪するようにお尻を押し付けた。

「ねえ、なんか背中に当たってるんだけど、これはなに？」

「む……」

「せっかくの嬉しいプロポーズが台無しなんだけど」

「うむ……」

困ったように低く唸るシルヴェスタに、私は笑って、ぎゅっとその逞しい腕に抱きついた。

「……ねえ、私は普通の人間だよ？　それでもいい？」

「うん？　どういう意味だ？」

「だからさ、私は伝承の聖なる乙女みたいに不思議な力は持ってないし、奇跡なんて起こせない。ごくありふれた、どこにだっている普通の女だよ。それでもいいの？」

「ふ、アリサが普通の女性でなければ私が困る」

「え？」

「女神の御遣いたる神聖な存在、いと気高き崇高なる乙女、か。そんな手の届かない存在では、迂闊に口説けないではないか」

「シルヴェスタ……」

「だが、たとえアリサが至高で神聖な存在であろうとも、私が奪って地上に堕としてみせるがな」

「え？　あ、やああんっ！」

突然うしろから、ぐぷりと硬い屹立が侵入する。

シルヴェスタの残滓が溢れる蜜壺はすんなり昂りを受け入れて、腰の動きに合わせて、にちにちと音を立てる。

「あっ、や、なんで……えっ、」

「ふ、なにを言う。尻を振ってねだったのはアリサだろう？　……ああ、まだ熱いな。しかもドロドロに溶けて……これは堪らない」

がっちりと腕の中に閉じ込められた私は、大きく腰をグラインドさせるシルヴェスタの動きから逃げられない。

太い指で両方の胸の蕾をこりこりと弄られながら、お腹側の壁を擦るように浅い所を掻き回されて、あっという間に絶頂を迎えてしまう。

「あ、あ、あああああっっっ」

深い快感にぴんと足が伸びて、ガクガクと身体の震えが止まらない。

でもそんな私を、シルヴェスタは休むことなく攻め続ける。

強い力で拘束されて、ひたすら熱杭を穿たれる私の身体は、まるで淫らな道具になってしまったみたい。

「あ……やぁっ、もう、だめ、あ……ぁ、あ」

「ああ、アリサ、どんどん中から溢れてくるぞ。ちゃんと腹に力を入れて、子種が溢れないようにしなくてはだめだろう？」

「やぁ、そんな、の、ムリ……っぁあんっ」

ぐちゅ、ぐぽ、と抜き差しされながら、ビンビンになった胸の先端を弄られて、熱い舌に耳の中まで犯される。

喘ぐことしかできなくて腕の中で頭を振る私に、シルヴェスタがふっと笑ったのがわかった。

「では、いくら零してもいいようにたっぷりと子種を注いでやろう。アリサ、腰を上げるんだ」

「ぁあああんっ」

突然腰を掴んで高々と持ち上げられたお尻に、うしろからずんと太い杭が突き刺さる。

強い腰の動きで更に深い所を穿たれ、痺れるような快感が広がっていく。

ごぷ、じゅぷ、と大きな水音と一緒に中から掻き出された液体が、太腿を伝って落ちていく。

「あ、ぐ、あっ、ンん、ぁ……ああっ」

背後からの激しいピストンに、口から漏れるのは言葉にならないくぐもった声だけ。

一突きごとに目の前に白い光が散り、あまりの快感に私は無意識に手を伸ばしてシーツを掴んだ。

「あ、や、あ、ぁ、あ」

「こら、私から逃げるつもりか？　いけない子だ」

「や、ちが、イってる、の、いってるからぁ、……んン、あ、ああああああっ」

止まらない快感に、イきっぱなしになってる身体は、もう膝に力が入らない。

ずるずるとベッドに倒れ込む身体に覆いかぶさったシルヴェスタは、一層強く腰を振った。

まるで蹂躙するみたいに奥を抉る容赦ない律動と、荒いシルヴェスタの息。

沈められたシーツの海で、私はひたすら快感を享受した。

「アリサ……アリサ……クッ……」

「あ………ふ、ぐ、……ン……ん…………」

「受け止めろ……アリサ……ッ！」

ブワッと膨らんだ熱い塊が弾け、ビュービューと奥に飛沫が吐き出される。

何度にも分けて吐き出される滾りを中で感じながら、私は泥沼のような眠りに引き込まれていく。

「シル、ヴェすた……」

「アリサ、お前はもう私のものだ。二度と放さない。………愛している」

「…………ん……わたし、も……」

背中に覆(おお)いかぶさる体温に安心して目を瞑った私は、大好きなバリトンボイスを聞きながら深い眠りに身を任せた。

――そう、このあとに私達を襲う悲劇を知らずに。

次に目覚めた時に自分が絶望の淵(ふち)に突き落とされるなんて、これっぽっちも考えずに……

第二十七話　私の決意

「……シルヴェスタ……どこ……?」

あの日、目が覚めて隣に誰もいないとわかった時。

シルヴェスタの温もりが身体から消えていた時。

――自分が日本に戻っているとと理解した時。

あの時の絶望感を表す言葉を、私は知らない。

気が付くと日本に戻っていたあの日、私はいつも通り朝の支度をして家を出た。そして出社した足で更に有給を一週間もぎ取り、その日の夜には南へと向かう飛行機に乗っていた。

簡単な電話一本で突然深夜に帰省した娘を、両親も、両親と同居する兄夫婦も快く迎えてくれたのは本当に有難い。

玄関ドアを開けた私を見て、両親は笑って「おかえり」と、出迎えてくれた。

「だーかーら！　べ、じゃなくてヴェ！」
「う、う、うぇ？　しるうぇすたさん？」
「違う！　こう下唇を軽く噛んで……って、もういいか。シルでいいよ、シルで」

広さだけが取り柄の古い実家の、その中でも一番広い和室の畳の上に、今日は普段は使わない客用の座卓がどんと鎮座する。

両親と兄夫婦と幼い姪、そして普段は他県で暮らす大学生の弟が豪華な料理の並ぶ座卓を囲む中、どういうわけか私は、お誕生日席のポジションに座らされていた。

「はいはいシルさんね。それで亜里沙、そのシルさんは一体なにをしている人？　お付き合いをしてるのよね？」

「シルヴェスタの職業は……えーっと……こっちで言うところの、いわゆる軍人みたいなもの？　お付き合いっていうか、その、彼にプロポーズされたんだよね、私」

「プロポーズって亜里沙、お前……」

「それで、彼の所に行こうと思って。……ちょっと遠い場所なんだけどね」

ここぞとばかりに、がめ煮の鉢から好物のこんにゃくだけをよそっていた私は、突然静まり返った空気に顔を上げた。

そこには、なんとも言えない顔で首を横に振る母と、そんな母と私を交互に見る父、にこにこと嬉しそうな義姉の隣でまったく普段通り無表情の兄と、そして意味ありげに笑う弟の姿があった。

「ま、まあ亜里沙は昔からなんだ、軍人さんが出てくる映画が好きだったもんな。それで、そのシルさんは本当に実在する人なんだよな？」

「……はあ？」

「うん。そうだよな、はははは」

慌てて取り繕ったように笑う父を華麗にスルーして、義姉が口を開いた。

「ねえ亜里沙ちゃん、そう言えば病院はどうだったの？　検査を受けたんでしょう？

体調は大丈夫なの？」

「ああ義姉さん、それね。……うん、至って健康だった。どこも心配ありませんって」

――実は色々思う所があった私は、こちらへ戻った翌日、義姉に紹介してもらった病院に検査を受けに行ったのだ。

一体なにを言われるだろうと戦々恐々としていたにもかかわらず、検査結果は私の予想とはまったく違うものだった。

『……え？　どこも異常なし？』

『うん。特におかしな箇所は見当たらないね。強いて言えば少し血圧が低いくらいかなあ。なにか不安な点でもあるの？』

『あー……、時々頭痛がひどい時があって……』

『最近若い女性に多いよね、頭痛。うーん、一口に頭痛と言っても、原因を特定するのは難しいんだよねえ。痛みの場所がいつも同じなら、まずは脳外科でＣＴ。ただ、肩こり由来の頭痛や、女性の場合は月経からくる頭痛なんかもあるからね。その時はまた別の科での受診が必要になるよ。まあ最近は頭痛外来を設けている病院もあるから、まずはそっちで相談してみたらどうかな。……どうする？　紹介状書く？』

『ええと……紹介状はいいです。アリガトウゴザイマシタ』

散々私は死んだと言われて、え、それってもしかして過労死……!? とショックを受けた時間を返してほしい。

そもそも今まで大きな病気一つしたことがない私。持病といえば花粉症と頭痛くらいなもの。そんな私が突然胸を押さえたとか、苦悶（くもん）の表情を浮かべて倒れたとかって、おかしいとは思ってたんだよね！

「はあ……」

溜息を吐く私に、口一杯に唐揚げを頬張った弟が、またも意味ありげにニヤリと笑った。

「まあ、みんないいじゃん、そんなに根掘り葉掘り聞かなくても。姉貴にも色々あるんだよ、もういい歳なんだからさ、ね？」

「ああん？ 武（たけし）、あんた私に喧嘩売ってる？」

「まさか。でも姉貴、本当に明日帰んの？ どうせなら日曜までいればいいのに」

「はいはい、これでも色々あるんですよ。大人の女は色々、ね」

明日私が東京に戻るからと、わざわざ忙しい弟が実家に戻ってきてくれたのは素直に嬉しい。

だけど、人をおちょくるこの態度は非常にいただけない。ここは久しぶりに姉としての威厳を……と、にっこり笑って箸をおいたところで、今まで黙々と飾り巻きを食べていた兄が口を開いた。

「……亜里沙、大丈夫だ。俺はわかってるから」

「は？」

「お前は長年の夢を叶えたんだよな。うん、俺は応援するぞ」

そう言って重々しく頷いた兄は、座卓を見回した。

「病院行ったのはあれだろう？　渡航に必要な健康診断書とか予防接種を受けに行ったんだろう？　軍人には色々守秘義務があるんだ。お前達も詮索したい気持ちはわかるが、そこはあえて黙っててやれ。……まあ俺はそのシルヴェスタって名前だけで、大体の背景がわかるけどな」

「そ、そうなんだ……ははは」

なぜか知ったふうな顔でその場を締めた兄のおかげで、それ以上深い詮索をされることなく、夕食はつつがなく終わった。

だけどその翌朝、玄関で別れの挨拶をしようとした私に、父はなにか決心したように一枚の紙を手渡した。

「……なにこれ」

プリントアウトされた某ハリウッド俳優の近況に首を傾げると、父は悲愴な表情を浮かべた。

「……亜里沙、ジルベスターさんは映画では確かに軍人の役をしていたかもしれないが、現実ではもういいお年だし、それに……既婚者なんだぞ？　わかってるのか？」

「……はあ？」

父のうしろでニヤニヤと笑う弟に、私は確信する。犯人は絶対こいつだ……！

「ふふふ、武、ちょっと歯をくいしばろうか？」

「いでっ」

私の渾身のチョップにわざとらしく頭を抱え、その場の空気を和ませた弟は、私が足元に置いていた荷物をひょいと抱え、車のキーを目の前で揺らした。

「……空港まで送っていくよ」

――こうして私の慌ただしい帰省は終わった。

◆　◇　◆

「あーただいまー……って、誰もいないんだっけ……」

四日ぶりに戻った部屋は、ほんの少し不在にしただけなのに、どこかよそよそしい空気が漂っている。

重い荷物をベッドの脇に置き、閉めきっていた窓とカーテンを開けた私は、すぐ横の本棚からＡ４サイズの封筒と小さな封筒を取り出した。

大きな封筒に入っているのは、この部屋の契約書や、預金通帳や実印等の大事なもの。

その封筒に大きく「武へ」と書いたところで、私はさっきの車でのやり取りを思い出した――

『……武、あんたがほしがってたこれ、渡しておくね』

『え？　これって姉貴の部屋の鍵？　いや、すっげー嬉しいけど……ほんとにいいの？』

実家から空港に向かう車の中で弟に渡したのは、この部屋のスペアキーだ。

東京に来る時の拠点にしたいからと以前から欲しがられていたけど、断固拒否していたのだ。

『うん。まあその代わりと言ってはなんだけど、私になにかあった時は、あんたが色々始末してくれる？』

『は？　兄貴が言ってた守秘義務がどうのって話、あれ本気なの？』

『……』

『うわ、マジか』

『……こんなこと頼めるの、武しかいないから。悪いけど、お願いね』

『わかった。ってか姉貴、半端ねえな。軍人と結婚とか、すっげーよ。……尊敬する』

さも真面目な顔で真剣に頷く弟に、心底うちの兄弟が単純で有難いと思ったのは、ここだけの話だ。

そもそも私が筋肉好きになったのは、実家にある母の〇ンボーコレクションに責任の一端があると確信している。

同じコレクションを見て育った私達が、全員漏れなく筋肉信者なのは明白だろう。


「……さてと、あとはこっちだよね」

私は小さい封筒から、折り畳んだ紙を取り出した。

そこに挟まれているのは、一本の赤い髪の毛。初めてシルヴェスタに会った翌日、仕事から帰った私がシーツの上で見つけたものだ。

「まったく、あれだけ泣いて喚(わめ)いて感動的に結ばれたのに、目が覚めたら日本に戻ってるってどういうことさ」

これが物語だったら、攫(さら)われた乙女は騎士に救出されて、無事結ばれた二人は幸せに暮らしました、でハッピーエンドだったんだと思う。

だけどそこで終わらないのが、いかにも私らしいよね。中途半端が嫌いっていうか、可愛げがないっていうかさ……？

実家で過ごした数日を、私は身の回りの整理に当てた。

一度決心してしまうと、しなければならないことはとても明確でシンプルだった。

家族のこと。このマンションの手続き。そして仕事。ただそれだけ。

きっと残された人は大変だと思う。でも、なにも言わずに消えるよりは断然いい。

――あとは私が向こうの世界にいけばいいだけだ。

大きく一つ息を吐いて、目を瞑る。そしてシルヴェスタの髪を両手でそっと挟んだ。

……神様仏様ご先祖様、っていうか、あっちの世界の女神様。……あと心の底から嫌だけど、一応念のためというか、ついでに変態（カンザ）も。

もし私が本当に聖なる乙女の生まれ変わりだというのなら、今こそ、その力を使わせてほしい。

どうか、どうか私をシルヴェスタのもとに……！

第二十八話　喪失　シルヴェスタ視点

アリサと結ばれたあの日、私は肌寒さを感じて、ふと目を覚ました。

無意識で隣に伸ばした手が触れたのは、すでに冷たくなった敷布だった。

「アリサ……？」

慌てて飛び起きた私は、自室はもちろん寮舎や執務室、城内に至るまでくまなく捜し回ったが、彼女の姿はない。

とすれば残る心当たりは一つ。急いで厩舎に行き、愛馬に鞍をかけたところで、慌てた様子のマットが私の行く手を遮った。

「おい、シルヴェスタ！　待て！　お前一体どうしたってんだよ！」

余程急いできたのか、騎士服の上着を羽織っただけのマットが手綱を取ろうとするのをかわし、馬に跨がった。

「どけ、邪魔をするな、マット」

「待て待て待て、ほら、あの嬢ちゃん、アリサちゃんはどうした。せっかく神殿から奪い返してきたんだからよ、一人にしちゃだめだろう」

「……アリサは消えた」

「は？　消えたって、お前そりゃ……」

「カンザなら、なにか知っているはずだ。今から神殿に行く」

「お、おい待て、それなら一緒に誰か連れていけ！　神殿に単騎で乗り込む馬鹿がいるか！」

「私の駆る馬についてこられる奴はいない。足手まといになるだけだ」

「シルヴェスタ待て！　この馬鹿野郎！」

　私は馬の腹を蹴り、マットの脇をすり抜け厩舎（きゅうしゃ）を出る。そしてそのまま一気に馬を加速させた。

　遠く背後でマットが叫ぶ声が聞こえていたが、もはやそのような些事（さじ）を気にしている余裕はなかった。

　早朝の人気もまばらな街中（まちなか）を一気に駆け抜けた私は、神殿に着くと、固く閉ざされた門の前で馬を止めた。

「開門！　皇国騎士団長のシルヴェスタ・ヴェアヴォルフだ！　門を開けろ！　カンザ

神殿長に用がある！」

荒ぶる馬の嘶き(いなな)と、辺りの静寂を打ち破る私の怒鳴り声に、間を置かず神殿の内部が慌ただしくなった。

やがて白い衣装の裾(すそ)をなびかせカンザが姿を現すと、馬上の私を見て、驚いたように目を瞠(みは)った。

「シルヴェスタ殿、なぜ貴方がここに？」

「アリサはどこだ？」

「アリサ様は貴方がお連れになったではありませんか。一体なにがあったのです？　どうして一緒ではないのですか？」

「目が覚めた時には、すでに姿がなかった。神殿の手の者が連れ去ったのではないのか？」

「まさか！　そんな指示は出しておりません！　儀式は？　かの儀式は間違いなく執(と)り行(おこな)ったのですか？」

「もちろんだ」

「でしたらアリサ様は、……まさか……でもそんな……」

言葉の途中で突然口を閉じたカンザは、呆然とした様子で視線を彷徨(さまよ)わせる。そのただならぬ様子に、私は鞍(くら)から飛び降り、カンザの肩を掴(つか)んだ。

「貴様、一体なにを知っている。心当たりがあるならすべて話せ」

「……もしや、もしや儀式が間に合わなかったのではと……」

「儀式が間に合わない？」

「黒髪の乙女は、アリサ様は、つまりこの世界から消滅してしまわれたのでは……」

「いい加減なことを言うな！」

　あまりの内容に一瞬で我を忘れた私は、茫然自失となっているカンザの胸元を掴み上げた。

「アリサが消滅したなど、そんな馬鹿げたことがあるか！　そんなことは信じない！　私は断固として認めないぞ！」

「で、ですが、現にアリサ様は消えてしまわれたのでしょう？」

「だが、それは……」

　その時、周囲が俄かに騒然となった。

　そして、複数の蹄の音と靴音が聞こえた時には、私は白の騎士達に拘束されていた。

「……シルヴェスタ団長、残念ですが貴殿をカンザ神殿長への暴行、及び殺人未遂の咎で拘束させていただきます」

それからの展開は早かった。

アリサ、いや黒髪の乙女が忽然（こつぜん）と姿を消したことが周知の事実になると、その責任の所在を問う声が上がった。

そして最後に共にいたのが私だったことから、黒髪の乙女の拉致及び略取、誘拐の疑惑をかけられ、謹慎（きんしん）処分がくだされた。


あの日以来、自室で謹慎（きんしん）する私のもとに、入れ替わり立ち替わり様々な客が訪れる。

大臣をはじめとする皇国の重鎮達に、神殿一派の貴族達。白の騎士に、そして黒の騎士……

ある者は高圧的に威圧し、ある者はへりくだって、また別の者は疑心を隠さず蔑（さげす）むように。彼らは決まって同じ問いを繰り返す。

『黒髪の乙女様をどうした』

だが、その答えを持たない身の私は、無言でいるしかない。

やがて沈黙に耐えきれず諦（あきら）めた客が去っていくと、ふたたび部屋は深い沈黙に包まれるのだ。

その日、すっかり人の気配の絶えた深夜、私の部屋を訪れたのはマットとイアンだった。

普段の軽薄な笑みはすっかり鳴りを潜め、神妙な面持ちでマットが口を開いた。

「……シルヴェスタ、よく聞け。お前にかかってんのは一連の女性の人身売買、神殿への不法な侵入及び器物損壊、神殿長への暴行、そして極めつけが黒髪の乙女を殺害した、っつう疑いだ。このままだと団長位剥奪はおろか、下手したら罪人扱いで国外追放、いや最悪死刑だ」

「しかもあの連中は、団長をここ数年の使途不明金の横領犯に仕立てようと、画策しているのです。そのようなこと断固として許せません！」

「俺はずっとお前の側にいたんだ。お前が戦でヴェアヴォルフ伯爵家の家督を弟に譲ったのも、自分は屋敷の一つも持たずこのクソ狭い寮舎に居座ってんのも、戦で手に入れた報奨金を死んだ同僚や部下の弔慰金として使い果たしたのだって、全部知ってんだ。そんなお前が、よりによって横領犯だなんて……クソが！」

「……そうか」

「お前、一体どうするつもりだ。奴等の思惑通り、おめおめと汚名をかぶるつもりか？　おい、黙ってねえでなんとか言え！」

「団長、お願いです。一言でいいので、ご自身の潔白を訴えてください。それだけでいいのです。あとは我々がなんとでもしますから」

「……マット、イアン、私は今ここを離れるわけにはいかないのだ。いつ戻ってもいいように、ここにいてやりたいのだ」

「団長……」

「……クソッ」

「……すまない」


カンザが来たのも夜更けだった。

いかなる伝手を使ったのかは知らないが、護衛もつけず奴は突然部屋にやってきた。

「シルヴェスタ殿、来るのが遅くなって申し訳ありません。実は私も軟禁されていて、あまり身動きが取れないのです」

「……カンザか。あのあとアリサはどうなった？　泉に現れたのか？」

「それは……」

「……そうか」

「実はあの時シルヴェスタ殿に教えていただいた話の裏が、ようやく取れたのです。奴は神殿の名を騙(かた)り、貧しい女性を売買し、しかも長年にわたり寄付金をも横領していたのです。それなのに私はまったく気が付きませんでした。……ふふ、神官長失格ですね。これではアリサ様に選んでいただけないのも道理です」

「……」

「シルヴェスタ殿、これからどうされるおつもりですか？　貴方のもとにアリサ様が降臨されたのは揺るぎのない事実。つまり貴方は女神の遣いたる、女神の代弁者たる聖なる乙女に選ばれた人間なのです。そんな貴方が、このような目に遭っていいわけがありません。神殿は、いえ私はシルヴェスタ殿の味方です。ですから……」

「もういいのだ」

「シルヴェスタ殿？」

「いかなる汚名を着せられようと、大罪人と誹られようと、そんなことはアリサを失ったことに比べれば些事に過ぎない」

「シルヴェスタ殿、しかし……」

「……すまない」

「………」

あれから幾夜が過ぎただろう。

いくらベッドに横たわろうと、胸の上にあの温もりと重みが現れる気配はない。

あの日、私がもう少し早くアリサを救出していれば。

たとえカンザの目があろうとも、気にせず神殿で儀式を行(おこな)っていれば。

——アリサは今も、私の腕の中で笑っていたかもしれない。

アリサ。

アリサ。

アリサ。

すまない。アリサ……

——もうそんな刻限か。

ベッドに腰掛け窓から外を眺めていた私は、静かなノックの音に扉のほうを向き直った。

「シルヴェスタ団長、お時間です。謁見(えっけん)の間へ御同道願います」

「……ああ」

今朝になって急にヘンリー皇帝陛下による下問(かもん)があると伝えたのは、朝食を運んできたこの若い白の騎士だ。

ひどく言いにくそうに『申し開きがあれば、その時に言うようにと伝言を賜(たまわ)っております』と一言添えたのは、この若者がこれからなにが起こるか知っているからだろう。

そんなことを考えながら、いつものように身支度を整えた私は、ふと思い直し騎士服の上着を脱いだ。

「シルヴェスタ団長？」

「いや、いいのだ」

私がベッドの上に騎士服を広げたのを眺めていた彼は、なにか言いたげに開いた口を閉じる。そして騎士服を畳み終えるのを待った。

「……参りましょう」

「ああ」

皇国騎士団長に就任して早十数年。長く使っているだけあって多少なりとも愛着のある部屋だが、恐らくここに戻ることは、もう二度とあるまい。

――アリサとの想い出が濃く残るこの部屋を見るのも、これで最後だ。

誰もいない部屋に一礼し、私は静かに扉を閉めた。

磨かれた大理石の床に、玉座(ぎょくざ)に向かって一直線に緋色(ひいろ)の絨毯(じゅうたん)が伸びる。

その玉座の前に立つのは王太子のアーノルド殿下と宰相のホーエンローエ、そして我がヴェアヴォルフ家を筆頭とする皇国騎士団派閥の貴族達だ。

そして彼等と向かい合うように、財務大臣をはじめとする一部重鎮達と、神殿派と呼ばれる貴族達、そしてなぜか前神殿長のヤヌが並んでいるのが見えた。

「……よって、奴隷商の証言により、若い女性の略取並びに監禁、カリネッラ皇国において禁じられている人身売買、またそれにより判明した、ここ数年の使途不明金の横領には、すべてシルヴェスタ・ヴェアヴォルフ皇国騎士団長が関与していた疑いがある！」

先程から声高に私の罪状を訴えるのは、神殿派の先鋒、財務大臣のゴッサム伯爵だ。

続けて彼の腰巾着のブラウドバルト男爵も、負けじと声を張り上げる。

「それだけではないぞ！　この男は神殿に不法侵入しカンザ神殿長に傷を負わせた挙句、あろうことか聖なる乙女を誘拐したのだ！　乙女が自分の意のままに操れぬとわかり、業を煮やし手をかけたのに違いない！」

そして彼等の主張を聞きながら白い髭を撫でていた宰相ホーエンローエは、そこで初めて重い口を開いた。

「……してシルヴェスタ、そのほうの意見は」

「その前に私からも質問させていただきたい。なに故この場に前任の神殿長であるヤヌ殿がいるのか。カンザ神殿長はいかがされた」

「おやおや、それは愚問ですな」

前神殿長ヤヌ。約一年ぶりに公の場に姿を現したこの男は、老いたせいか以前より大分ふくよかになったようだ。

いかにも神職者らしい優しげな雰囲気を漂わせるヤヌは、感情の読み取りにくい細い目を一層細め、さも心配げに首を振った。

「労しいことにカンザ神殿長は、貴殿に暴力を振るわれて以来、人前に出られなくなったのです。その場に居合わせた騎士の話によると、なんでも首を絞められたそうではないですか。いかに強い神力を持つとはいえ、斯様な暴力を振るう男の前に、どうしてその身を晒せましょう」

ちらりと見たホーエンローエは、苦虫を噛み潰したような顔で忌々しげに頷いている。

その横でアーノルド殿下も首を横に振っているからには、本来なら陛下に謁見できる身分を持たないこの男がここにいるのは、どうやらきちんと正規の手続きを踏んでの登場なのだろう。

「ですから、僭越ながら本日は私ヤヌが、カンザ神殿長に代わり、シルヴェスタ皇国騎士団長に質問させていただきたい」

高らかに宣言したヤヌは、こちらを真っ直ぐに見据えた。

「我等神殿の人間にとって、大切なのは唯一つ。聖なる乙女様を、貴殿は一体どうされたのですか?」

「どうした、とはいかなる意味か」

「最後に聖なる乙女様が目撃されたのは神殿。貴殿が意識のない乙女様を馬で連れ去る姿を見たと、複数の神官が申しております。そしてそれ以降、乙女様は姿を消してしまわれた。……乙女様は今どちらにいらっしゃるのですか?」

「……彼女が今どこにいるのか、それは私も知りたいことだ」

「つまり貴殿も知らない、と?」

「ああ」

「あくまでしらを切ると、そう捉えても?」

「知らないものは答えようがない。それが私の答えだ」

そこで顔を上げたヤヌは皇帝陛下へ向き直り、大声で告げた。

「ヘンリー皇帝陛下に申し上げる。ここにいるシルヴェスタ・ヴェアヴォルフ皇国騎士団長は、畏れ多くも女神の遣いである聖なる乙女様を、弑し奉った疑いがございます。その大罪を贖えるのは、等しくこの者の命を差し出すのみ。神殿は、この男の死罪を要求いたします！」

だが次の瞬間、謁見の間に聞き覚えのある声が響き渡った。

「ちょっと待ちなさいよ！」

第二十九話　囚われた騎士団長の救出へ

——目が覚めたら目の前に騎士服があった。

なにを言ってるかわからないと思うけど、私だってよくわからない。

とにかく今、私の目の前には素晴らしい仕立ての騎士服がある。うん。それは確かだ。

この手触りは、間違いなく上質な絹。

うっとりするほど滑らかで、かつ上品で控えめな光沢。しかも仄かに香るのは大好きな薄荷の香り……。って、ちがうちがう。いくら制服フェチでも、私は中身の入ってない服には興味がない。

「……やばい、騎士服が見えるって、相当飲み過ぎたかもしれない」

二日酔いで鈍く痛む頭を押さえた私は、暴力的に眩しい光に目を細めた。

昨夜、シルヴェスタの髪に神頼みしたものの、結局なにも起こらない現実に腹を立てた私は、そのあと思いつく限り、シルヴェスタと会った時の再現をしていた。

まずは初めて会った時に脱がされた、パジャマ代わりのTシャツを着てベッドに横になり、ちょっとお高いプレミアムなビールを飲んだあとは、例の展示会で着たスーツを出して一人ファッションショー。そして最後は桃の入浴剤を入れたお風呂に、頭から潜った。

でも、何度潜水しても変わらない光景に業を煮やして……そうだ、お風呂から出たあとは、一人でヤケ酒してたんだっけ。

あの破られたストッキングを捨てるべきじゃなかったとか、そもそも高機能で破れないって謳い文句だったのに流石馬鹿力とか、ぶつぶつ文句を言ってた覚えがある。

三缶目以降の記憶がないってことは、きっといつもみたいにテーブルで寝ちゃったんだろうな。

「いたた……っていうかここは……」

ベッドから身体を起こした私は、きょろきょろと辺りを見回した。

見覚えのある豪華だけど殺風景な広い部屋に、どんと置かれた特大サイズのベッド。

うん、間違いなくここは、シルヴェスタの部屋だ。

ただいつもと違うのは、部屋の主がいないってこと。

「シルヴェスタ……？」

皺一つなく整えられたシーツの上に置かれた、丁寧に畳まれた騎士服。

妙な胸騒ぎを覚えて服を手に取った私は、大きな扉の向こうから聞こえる話し声に、そっとベッドから下りた。

「……そんな理不尽、納得できません！」

「そうだよ！　誰よりも真面目で清廉潔白なシルヴェスタ団長が！　それに、あんなに誘拐された女性の救出に熱心だったのに、その団長がよりによって黒幕だなんてありえない！」

「俺だってそう思うさ。だが、お前等ちょっと落ち着け」

「副団長！　団長はどうなるんですか!?　今日になっていきなり皇帝の御前で申し開きをせよだなんて、これでは最初から団長が罪人だと決めつけてるような扱いではありませんか！」

「恐らく団長が罪に問われることは、間違いないでしょう」

「イアン！　だったらどうして！　今こそ我等が皇国騎士団の……」

ダンッとなにかを激しく叩く音に、ビクッと身体が竦んだ。

ちょっと待って、シルヴェスタが罪人って一体どういうこと？　それに皇帝の前で申し開きって、それってつまりは団長の地位を剥奪されるってこと……？

そんな私の混乱に構うことなく、扉の向こうの会話は続く。

「……んなの、俺だってわかってる。だがよ、悔しいことに俺達ができることは、なにもねぇんだ。暴動の恐れありとかなんとかぬかしやがって、皇国騎士団は謁見の間への立ち入りすら禁じられてんだ。……クソが！」

「そんなのあまりにも横暴過ぎる！」

「でも、アーノルド殿下やホーエンローエ宰相は団長の味方のはずだ。あの二人がいれば、なんとかなるのではないか？」

「残念ながらお二方の助力はまず期待できないでしょう。それができるなら、謹慎期間中になんらかの手立てを講じていたはずです。恐らく団長は孤立無援の状態で、申し開きは進むと予想されます。よくて国外追放、下手をすれば死罪に……」

「ちょっと！　シルヴェスタが死罪ってどういうことよ！」

思わず勢いよく扉を開けると、そこにいた黒い騎士達が一斉にこちらを振り向いた。

　信じられないものでも見るような、ぎょっとした顔で注目される中、私は見覚えのある顔を見つけて駆け寄った。

「ねえマット！　シルヴェスタが死罪ってどういうこと？　わかるように説明してちょうだい！」

「あんた……黒髪の乙女……だよな？　死んだんじゃなかったのか？」

「はあ？　死ぬってなんの話よ。ていうか私のことよりシルヴェスタよ！　シルヴェスタになにがあったの？」

　ぽかんと口を開けるマットの横で、いち早く正気に戻ったのは細い銀縁(ぎんぶち)の眼鏡をかけた男だった。

「失礼ですが、聖なる乙女……もとい、アリサ様でいらっしゃいますか？」

「ええ、そうよ。ねえ、それよりシルヴェ……」

「アリサ様だ！」

「聖なる乙女の、黒髪の乙女の復活だ‼」

「再降臨だ！　アリサ様万歳‼」

「え？　な、なに？」

　なぜか興奮した面持ちの黒い騎士達に口々に名前を呼ばれ、目を白黒させていると、正気を取り戻したマットはいきなり私の肩を掴んだ。

「嬢ちゃん、いやアリサちゃん、お前、本物だな？　生きてんだな？」

「う、うん。なに？　一体どうしたの？」

「いや、嬢ちゃんが突然消えちまったもんだからよ、こちとら大変なことになってんだわ」

「大変なこと？」

「ああ。シルヴェスタな、あいつ、一連の人身売買と、神殿への不法侵入及び器物損壊、そんであとはなんだ、国庫の使途不明金の横領犯だったか？　とにかく、その罪を問われて重罪人になってんだ」

「はあ？　嘘でしょう？」

「嘘じゃない。それに、奴の犯した最大の罪は、あんたを無理やり誘拐、監禁した挙句に殺害したってやつだ」

「はあああああ？」

あまりに荒唐無稽な展開に二の句が継げずにいる私を、いきなりマットが掬うように抱き上げた。

「おい、とにかく急ぐぞ！」

「ぎゃあああああああっ！　やだこれ怖い！　っていうか、なに？　どこに行くの？」

「そんなの決まってんじゃねえか。シルヴェスタを助けに行くんだよ！　ん？　こりゃ、ちょうどいいな。かぶっておけ。おし、舌を噛むといけねえから、しっかり口は閉じてろ！」

マットはシルヴェスタの騎士服を頭からかぶせた私を、まるで米俵みたいに担ぐ。そして次の瞬間、猛スピードで廊下を疾走し始めた。

そんな私達を見て、黒い騎士達が次々と野太い歓声を上げるのが聞こえた。

「あれを見ろ！　マット副団長だ！」

「よし！　俺達も加勢するぞ!!」

「団長を助けるんだ！」

「皇国騎士団は集まれ！」

騒然となる男達に、マットは大声で一喝した。

「お前等、これが正念場だ！　今こそ皇国騎士団の皇国騎士団たる所以を見せる時だぞ！　気合い入れろ！」

「おおおおおおおお！」

群がる筋肉に、まるで神輿のように担がれて、辿りついたのは謁見の間だ。

扉の前に立ち塞がる白い騎士達を軽くいなした黒い騎士達は、勢いよく入り口の扉を

開く。

そこで私が目にしたのは、玉座の前で跪くシルヴェスタと、その隣で得意気な顔をする小太りで糸目のおっさんだった。

「ちょっと待ちなさいよ！」

絢爛豪華な装飾が壁や天井に施された大広間に、場違いな私の声が響く。

居並ぶ人達の視線が一斉に注がれる中、堂々と赤い絨毯の上を進んだマットは、シルヴェスタの前で立ち止まった。

「マット、お前一体……？」

「ようシルヴェスタ、遅くなってすまなかったな。だが、強力な助っ人を連れてきてやったぞ？　正真正銘、本物の勝利の女神様だ」

マットの肩から下ろされた私の顔を覆う騎士服が、ぎこちなく伸びた誰かの手でよけられる。

確認するみたいに頬を撫でる武骨な手は冷たくて、微かに震えてるのがわかった。

「……ただいま、シルヴェスタ」

「本当に……アリサなのだな……」

「……うん。そうだよ」

深紅の瞳が泣いてるみたいに揺れて、普段は落ち着いてる低い声が随分掠れてる。

それだけで胸がいっぱいになった私は、人目もはばからずに抱きつこうとして――

突然立ち上がったシルヴェスタの腕の中に囚われた。

「アリサ……アリサ……」

「シルヴェスタ……」

ぶっとい腕でぎゅうぎゅうに抱き締められて、その息苦しさでようやくこれは現実だって実感する。

負けじと強く抱き締めた身体から香るのは、お馴染みの薄荷と、そしてあの夜感じた雄の匂い。

……ああ、私、本当に帰ってきたんだ……

溢れそうになる涙を誤魔化そうと雄っぱいに顔を埋めたら、その拍子にかぶっていた騎士服が頭から滑り落ちた。

「……おい、あれは黒髪の乙女様ではあるまいか」

「しかし、そんなまさか……」

「だが、あの御髪の色は間違えようがない」

「殺されたという話はなんだったのだ？」

「やはりこれは神殿派の陰謀に違いない！」

「大体、皇国騎士団長が汚職など、荒唐無稽な話だ」

謁見の間のあちこちから、先程の断罪を疑問視する声が上がる。

シルヴェスタを囲んでいた男達が明らかに動揺した素振りを見せる中、一人平然としてるのは小太りのおっさんだった。

「おやおや困りましたね。陛下に万が一があってはいけないと、今日は皇国騎士団の立ち入りを禁じていたはずですが……。これは、皇国に叛意ありという貴殿の意思表示ですか？　シルヴェスタ皇国騎士団長」

細い目を更に細くして温和な笑みを浮かべるその男は、今度は私に視線を移し、呆れたように首を振った。

「それにしても、これは一体なんの茶番でしょう。よもや、このみすぼらしい少年が『黒髪の乙女』などと言うつもりはないでしょうね？」

「……黙れヤヌ。今の発言をすぐに取り消せ」

途端に、背中から怒気を孕んだ低い声が響いた。

「取り消すもなにも、同じ黒髪というだけで、女らしさの欠片もない少年が黒髪の乙女を騙るなど、それこそ女神を冒涜する行為ではありませんか」

「みすぼらしい少年などではない！　ヤヌ、お前の目は節穴か？　このように華奢な身体つきの男が一体どこにいるというのだ！　それにこの美しい宝石のような漆黒の双眸に、果実の如き赤く愛らしい唇、吸い付くように滑らかな白い肌、すんなり伸びた柔らかな足、どこをどう見てもアリサは美しい女性ではないか！」

「………は？」

思わず呆れた声が出た私の隣で、マットが盛大に噴き出したのが聞こえる。

――うん、わかるよ、その気持ち。だってちがう。そうじゃない。今、大事なのはそこじゃない。

私の性別云々より聖なる乙女の偽物だって言われてるほうが問題だし、それ以上に自分が死罪だって言われたことを、この男は忘れてるんだろうか。

まるで般若のような表情でおっさんを睨むシルヴェスタをよそに、私は小声でマットに尋ねた。

「……ねえマット、そもそもこの人、誰？」

「ああ？　ああ、こいつは前神殿長のヤヌだ」

「ん？　前の神殿長？　前の神殿長が、どうしてここにいるの？　ていうかカンザは？　それにどうしてこの人、こんなに偉そうなの？　前神殿長って、もしかしてシルヴェスタやカンザより立場は上？」

「いやいや嬢ちゃん、我が国での皇国騎士団長は、いわゆる将軍に匹敵する地位にあるんだぜ」

「将軍と同じ？　じゃあシルヴェスタって実は、すごい偉いんじゃん！」

「ああ。だけどよ、神殿長っつうのもなかなか偉い立場なんだ。そもそも神殿は国やら貴族やらの指図を受けねえからな。だからシルヴェスタとカンザ神殿長のどっちの立場が上かって聞かれると、それはちょっと判断が難しいな」

「ふーん、そうなんだ。あれ、でも待ってよ、じゃあ前神殿長はどうなるの？　もしかして引退した社長がスライドで会長に就任するみたいな感じ？　だからこの人、こんなに態度がでかいの？」

「ん？『しゃちょう』や『すらいど』の意味はわかんねえけどよ、前神殿長の立場なんざ、あってないようなもんだぜ」

「え？　ないってそれ、どういう意味？」

「アリサ、ヤヌは元が一介の平民、貴族ですらない。つまり神殿長を退いた今は、本来ならば陛下に拝謁はおろか、登城すらできない身分だ」

その時、私達の話し声が聞こえたかのように、突然玉座の横に控えていた白い髭を蓄えたおじいちゃんが声を上げる。

「おい！　皇国騎士団の！　誰かカンザ神殿長を謁見の間にお連れしろ！」

慌てたように広間を出ていく黒い騎士達のうしろ姿に、ヤヌと呼ばれたおっさんはなぜかニヤリと笑う。

「ホーエンローエ宰相閣下、先程申し上げた通り、カンザ神殿長はそこのシルヴェスタ皇国騎士団長に暴力を受けて以来、神殿にある泉の前から一歩も動けません。可哀相に、余程恐ろしい目にあったのでしょうな。ですから宰相のご命令とはいえ……」

「アリサ様！　よくぞご無事で!!」

その時、入り口から高く通るカンザの声が聞こえた。驚いて振り向くと、そこには喜色満面といった笑みを浮かべ、元気よく走ってくるカンザがいた。

「カンザ、なぜお前がここに……？」

「アリサ様、ご無事の帰還を心よりお喜び申し上げます。突然お姿が見えなくなって、どれだけ心配したか……！」

顔色を失ったおっさんの脇を軽快にすり抜けたカンザは、私の前で恭しく跪くと、優雅に頭を下げた。

「ええと……その、あんたはショックで神殿に篭もってるって、聞いたばかりなんだけど……？」

「実は昨夜遅くにアリサ様のご帰還を確認しましたので、城の控えにて、ずっと待機しておりました」

「昨夜遅くに帰還を確認……って、いや、それは嫌な予感がするから言わなくていいや。でもシルヴェスタに暴力を受けたっていうのは？」

「シルヴェスタ殿に暴力……？　なんのことかはわかりませんが、自分が軟禁状態だったのは確かです」

「軟禁されてたの⁉」

「ええ。正確に言うと、そちらにいるヤヌ前神殿長の手の者により、自室に閉じ込められていたのです。ですが、そもそも私は女神の泉の前から離れる気はなかったので、問題ありません。それに外出しようと思えば、いくらでもできましたし」

シルヴェスタに向かってにっこりと微笑むカンザに、私は尋ねた。

「ねえカンザ、シルヴェスタが黒髪の乙女を、ううん、私を殺したことになってるのはどうして？　それに神殿はシルヴェスタの死罪を要求するって言ってたけど、それはカンザの指示なの？」

「とんでもございません！」

一瞬にして眉間に皺を寄せ首を振ったカンザは、ゆっくり立ち上がり、ヤヌの視線から隠すように私の前に立った。

「そもそも黒髪の乙女がご降臨されたのは、皇国騎士団長たるシルヴェスタ殿の御許。つまりは創世の女神がシルヴェスタ殿を選び、乙女を遣わしたということに他なりません。そのような方を敬いこそすれ、死罪を要求するなど、天と地がひっくり返ろうとも、あってはならないのです。……ヤヌ、これは一体どういうことですか」

「カンザ、お前こそ一体どうしたのだ？　育ての親の私に向かって、そのような口を利くなど……。そうか、そこの男に殺されそうになったのが余程衝撃だったのだな？　それで正気を失っているのだな？　なんということだ！」

一斉にざわめく観衆の中、わざとらしく首を振ったおっさんは、いきなり大声を張り上げた。

「皆様、この者達に騙されてはなりませんぞ！　ここにいるシルヴェスタ・ヴェアヴォルフは皇国騎士団長の権力を笠に着せ、若い女性を誘拐しては売り捌いていた大罪人！　しかも神殿に侵入し、カンザ神殿長を手にかけたのです！　そして新たに、聖なる乙女を騙る罪をも犯そうとしておりますぞ！　ここにいる少年が動かぬ証拠！」

「ヤヌ、貴様……！」

激しい怒りを隠そうともしない地を這うような低い声と、全身から溢れ出る強い殺気。今にもおっさんを殺しかねないシルヴェスタの様子に、私は慌てて腕を掴んだ。

「シルヴェスタ、いいよ、やめて」

「だがアリサ、こいつは黒髪の乙女を、いやアリサを侮辱したのだぞ？」

「ぶっちゃけそんなのどうでもいいし、シルヴェスタが怒る価値もないよ。……あのね、ずっと前に『今時奴隷などと非道なことをする奴は、私がその息の根を止めてくれようか』って言ってくれたの、ちゃんと覚えてるから」

両手を伸ばしてシルヴェスタの顔を挟むと、じっとその瞳を見つめた。

あれは確か、二回目に会った時だ。どこをどう見ても不審者だった私が、なんの気なしに言った『奴隷のように働かされて』っていう言葉に、この人は本気で怒って心配してくれた。

シルヴェスタもその時のことを思い出したのか、深い皺の刻まれた眉間がふっと緩んだ。そして私の両手を上から握り、手繰り寄せるようにして抱き締めた。

「そうだな。私は確かにあの時、奴隷商の殲滅をアリサに誓ったな」

「忘れないでよ。あれ、すごく嬉しかったんだから。……とにかく私はわかってるから。シルヴェスタは絶対にそんな犯罪に手を染めないって」

どさくさに紛れてスリスリと雄っぱいに顔をすり寄せる私の頭を、シルヴェスタが優しく撫でる。

そんな私達をマットがニヤニヤしながら見てるけど、それは今は無視しておこう。

「まぁ、その前にあんなメタボなおっさんの相手なんかしたくないし。正直言って視界にも入れたくないよ。時間の無駄よ、無駄」

「めたぼ？　めたぼとはなんだ？」

「メタボリックシンドローム、通称メタボ。あら知らない？」

チラリと見たおっさんは、太っているというよりは、浮腫んでいるといったほうが正確かもしれない。特にお腹の突き出た感じがなんだか病的で、かなりヤバそうだ。

怪訝そうにお互いの顔を見合わせるシルヴェスタとマットとカンザに、私は続ける。

「うーん、あのおっさん、元々は痩せてたんじゃない？　もしかして仕事を辞めてから急激に太ったとか」

「確かに以前はかなり痩せていたが……、アリサ、それがどうかしたのか？」

「あれはどう見ても典型的なメタボよね。しかもあの太り方は相当ヤバい。もしかしたら、すでに取り返しのつかない状態になってるかも」

「お、おい、そこの娘、やばいとはなんだ。一体、私のなにがやばいのだ？」

　突然話しかけてきたおっさんに向かって、私はわざとらしく溜息を吐き、首を振った。

「あんた、最近やたら喉が渇いたりすることはない？　トイレが近くなったとか、疲れやすくなったとか、あとは急に視力が落ちたとか？」

「な、なぜそれを……！」

「あとは、そうねえ……」

　ここでニヤリと口角を上げた私は、傍から見るとまったく乙女らしくない、というかむしろ悪女に見えるだろう。――だが、望むところだ。

　辺りをゆっくり見回した私は、この場にいる全員に聞こえるように声を張り上げた。

「もしかして、あっちの勃ちが悪いんじゃない？　むしろもう、男として機能しなくなったとか？」

　ぴん、とその場の空気が痛いほど張りつめたのがわかった。

　一切の音が消えた広間の誰もが固唾を呑んで見守る中、ヤヌは突然力を失ったようにがくりと膝をつく。

　そして視界の端で、おっさんと同じような体形の男達が、こぞって顔色をなくしているのが見えた。

「な、なんて破廉恥な。なにを……そんな……」

「ふん、当然の報いよ。自分のやってきたことは、すべて自分に返ってくるんだから」

「まさか……お前が本物の聖なる乙女だったとは……」

「ちょっと！　そこの赤いカーテンみたいなマントのあんたも、その隣の背の低いおっさんも、そしてそこのバーコード……髪の薄いおっさんも！　態度を悔い改めないと、そのうち身体が端から腐ってくるわよ。ううん、それどころかアソコが、もげて落ちるかもしれないわね！」

「おお、なんと恐ろしい！」

「これが聖なる乙女の宣託か……！」

「アソコがもげて落ちるなど、耐えられん！」

「前神殿長や神殿派に悔い改めろとは、やはりあの男達が黒幕だったのだな！」

「黒髪の乙女は、やはり本物であったか」

もう興奮を隠そうともしない観衆達で広間が騒然となる中、それを静めたのは、今まで沈黙を守っていた玉座の主だった。

「皆、静まれ！」

第三十話　女神の宣託

「黒髪の乙女よ、教えていただけないだろうか。この者達が悔い改めねばあそこが腐り落ちるというのは、それは女神の宣託なのか？」

不意に玉座から聞こえたのは、好奇心を隠しきれないといった、なぜか弾んだ声だった。

玉座の主は、蒼い目をまるで少年のように輝かせていた。

「……私はただ自分の知ってることと、あとはこれから起こり得る可能性について、話してるだけなんです。この先あの人達のアソコがもげるかどうかは、それこそ神のみぞ、いいえ、女神のみぞ知る、でしょうね」

「ふむ、なるほどな。聖なる乙女とは女神の代弁者。神の御世界の知識を授ける者である……。伝承は真であったのだな。それにしても、あそこがもげるとは、なんとも恐ろしい」

感慨深そうに深く頷く陛下の横で、玉座の脇に控える白い髭のおじいちゃんが、こちらに向かって頭を下げた。

「黒髪の乙女様、そしてシルヴェスタよ。此度の件、長く腐敗の温床となっていた旧神殿長の一派を炙りだすための策であった。だが、そのせいで乙女様とシルヴェスタ、そしてカンザ神殿長に不快な思いをさせてしまったこと、どうかこの場で謝罪させていただきたい」

「ホーエンローエ宰相、どういうことか説明していただけるか」

ぐっと私を庇うように手を回し、眉間の皺を深くするシルヴェスタに、ホーエンローエと呼ばれたおじいちゃんは、もっともだとばかりに頷く。

……っていうか、このサンタクロースみたいなおじいちゃん、宰相だったんだ。

思わずまじまじと立派な髭を見てしまった私に、おじいちゃんは、ぱちりと片目を瞑ってみせた。

「我々は年々増える使途不明金の行方をずっと追っておったのじゃ。だが、どうにも手口が巧妙かつ協力者が多いようでな。なかなか証拠を掴めんかった。そうこうしているうちにこちらの気配を察したか、ヤヌはさっさと引退しおってな。まんまと逃げられたかと思うとったのだが……」

そこまで話したおじいちゃんは、私の背後にチラリと視線を流す。

つられるように振り返ると、そこには大理石の床の上に力なく座り込むおっさん達の姿があった。

「そこにいるシルヴェスタがやれ奴隷商の摘発だ、神殿への立ち入り調査だの派手に動いてくれたもんでな、奴らもこれ幸いと罪をなすりつけようとしたんじゃろうな。そして極めつけが乙女様の不在じゃ。まあ随分餌がよかったようでな、根こそぎ沼の魚が釣れたわい」

「おいおい、ホーエンローエのおっちゃん、そんな策があったんならよ、前もって俺らに教えといてくれてもよかったんじゃねえか？　今回の件で俺等が、どれだけ苦労したと思ってんだ」

満足げに笑いながら白い髭を撫でる姿に、マットがやれやれといったふうに首を振った。

「なにを偉そうに言うか。筋肉馬鹿の黒の連中に、器用な演技ができるはずもなかろうに。大体、突然お前らが神殿に立ち入った時は、どれだけヒヤヒヤしたか。奴等に逃げられたらどうしようか、年甲斐もなく青くなったぞい」

「ったく、ヒヤヒヤしたのはこっちだぜ」

「ま、それはさておき、皇国騎士団副団長マットに命ずる。ヤヌ並びに財務大臣のゴッサム伯爵、ベルレイン伯爵、ブラウドバルト男爵を丁重に談話室へお連れしろ」

「へいへいっと。おい、お前等、行くぞ。なにしろこの国の重要人物だからな、丁重に談話室でおもてなしするからな」

マットの指示で屈強な黒の騎士達に連れ出されるおっさん達は、急に一回りも二回りも縮んだように見える。

罪が露見したのがショックだったのか、それとも、もげる発言がショックだったのか……とにかくその談話室とやらで、きちんと己の行いを悔いてほしいと思う。

「ホーエンローエ宰相、此度の件、できれば私にも事前にお知らせいただきたかった。皇国騎士団に乱入されて、神殿の者達がどれだけ恐ろしい思いをしたか……。甲冑を纏った騎士達に、突然日常を壊される恐怖がおわかりか？」

唐突に口を開いたのは、今までずっと沈黙を守っていたカンザだった。

カンザは無駄に綺麗な顔を曇らせ、悔しげに頭を振った。

「それに、あの日破壊された乙女の像は、とても貴重なものだったのです。あの満面の笑みで私を見つめてくれた乙女の像は、もう二度と元には戻らないのですよ？　一体どうしてくれるのです!!」

「ふうむ。それについては本当に申し訳なかったとしか言いようがありません。ただ、こちらとしてはカンザ神殿長が信頼に足る人間か、その判断がつかなかったのも事実。こう言ってはなんですが、現神殿長はヤヌの傀儡と言われておりましたからな」

「それは……、確かに過去の自分に鑑みると仕方ないかもしれません。今後はアリサ様の信頼を得られるよう、精進しなくてはいけませんね」

長い睫毛を伏せたカンザが、神妙な顔で頷く。だけど、私は知っている。コイツがさも褒めてもらいたげに、チラチラとこちらを窺ってるのを。

なんだろう、この気持ち悪いのが一回りして、むしろ慣れて普通に見えてくるみたいな感じ。キモかわいい？　いやちがうな。すごくハイスペックなダメ犬みたいな……？

「黒髪の乙女様。いや、アリサ様とお呼びしても？」

シルヴェスタの腕の中でぼんやりしていた私は、突然名前を呼ばれて我に返った。

「は、はい。それはもちろん構いませんが、でも私はそんな有難いものじゃないっていうか……」

そう口ごもる私に、おじいちゃんは鷹揚に微笑んだ。

「私のようなじじいには女神の世界やら宣託やら、難しいことはわかりません。だが、アリサ様のお陰でこのシルヴェスタが奴隷商を摘発し、それが我が国の腐敗、つまり闇を払ったのは紛れもない事実。大事なのは、それだけですわい」

「ホーエンローエの言う通りだ。それで黒髪の乙女よ、そなたが選んだのはこのシルヴェスタ・ヴェアヴォルフで間違いないな？　こやつは武骨で女心を欠片も解さない男だが、本当にいいのだな？」

「へ？　選ぶ？　選ぶってなんですか？」

唐突な問いかけに驚くと、皇帝陛下は碧い目を不思議そうに瞬かせた。

「おや、伝承では『女神より宣託を得た者は聖者となり、乙女と結ばれた』とあるぞ。女神は伴侶となる男のもとに乙女を遣わすのではないのか？　つまりは、そなたはこのシルヴェスタを夫に選んだのではないのか？」

「ええと、それは……」

人懐っこそうな、いかにも気の置けない笑顔なのに、真っ直ぐに私を見つめる瞳の碧い色は深く、まるで隠している本心まで見透かされてしまいそう。

感じる圧迫感は、がっしりとした身体つきのせいではなく、きっとこの人が皇帝たる所以なんだろう。

でもさ……私は考えてしまう。

もし仮に私が聖なる乙女だとして、女神が私の伴侶に選んでくれたのがシルヴェスタだというのなら。

はっきり言って女神様グッジョブと大声で叫んで、五体投地して感謝の意を捧げたい。

だってシルヴェスタは、すべてが好みのど真ん中。その上、こんな可愛げのない私を甘やかしてくれるなんて、もう最高の人選じゃないか。

……でも、そんなこと、この場で言っちゃっていいんだろうか。

だって、それって私は聖なる乙女ですって、皇帝陛下をはじめ、みんなの前で宣言するのと同じだよね？

どうしよう。どうするべきなの？

そんなことをぐるぐると考え込んでしまった私を、突然、腰に置かれた大きな手がうしろに引き寄せた。そしてバランスを崩して雄っぱいに寄りかかった私を、上から深紅の瞳が覗き込む。

相変わらずの男くさい精悍な顔つきに、眉間にあるのは深い皺。

でも細められた瞳は優しくて、まるで背中を押してくれるみたいで……

気が付いた時には、自然と私の口から言葉が出ていた。

「……誰かを選ぶなんておこがましいですが、もし許されるなら、私はシルヴェスタの側にいたいです。それに……実はもう結婚の許可をもらってきたので」

「なんと！　結婚の許可とは、つまりは二人の婚姻は女神に認められたということか！」

碧い瞳を見開いた皇帝陛下が玉座から立ち上がるのと、シルヴェスタが私の両肩をがしりと掴んだのは、ほぼ同時だった。

「アリサ、結婚の許可をもらったとは、それは一体？」

「え？　う、うん。あのね、実は私が向こうに戻ってた間に家族に報告してきたの。シルヴェスタに結婚を申し込まれたって。両親も納得してくれたし、心残りは全部片づけてきたから。……もう向こうに戻るつもりはないから」

「いいのだな？　本当に私の申し出を受けるのだな？」

「うん。シルヴェスタ、私……」

「いや待て、アリサ。……少し時間をもらえないか？」

そう言ってニヤリと笑ったシルヴェスタは、私の両手を握り、その場に跪いた。

気が付くと、あれだけ騒がしかった謁見の間は、痛いほどの静寂に包まれていた。

「我が黒髪の乙女アリサよ。シルヴェスタ・ヴェアヴォルフは生涯の忠誠をアリサに捧げる。――どうか私の妻になってくれないだろうか」

謁見の間に、落ち着いたバリトンボイスが響く。

鏡のように磨かれた大理石に跪くのは、紅い髪に鋭い深紅の瞳を持つ見事な体躯の美丈夫。

っていうか理想の雄っぱいを持った理想の顔の、私の性癖の塊のような男。

しかもこの国の騎士団長で、私をデロデロに溶かしてくれる大好きな人。

……こんな男にプロポーズされて、断れる女なんているか？

「……はい。喜んで」

溢れそうになる涙をなんとかこらえて頷いた瞬間、すかさず抱き上げられた私は、シルヴェスタの太い首にぎゅっと抱きつく。広間は大歓声に包まれた。

「……なによこれ、こんなみんなの前でプロポーズとか反則なんだけど」

「ふ、なにしろ前回は台無しだと言われたからな。これは挽回せねば沽券に関わると、ずっと考えていたのだ」

頬を伝う私の涙に優しく唇を落としたシルヴェスタは、くるりと皇帝陛下に向き直る。

「恐れながら、ヘンリー陛下にお願い申し上げます。ただ今より特別に休暇をいただけないでしょうか。私は花嫁を迎える準備をしなくてはなりません」

「そうか、花嫁を迎える準備か。それは確かに皇国騎士団の仕事より大切だな」

ニヤリと意地悪そうな笑みを浮かべた皇帝陛下は破顔一笑、大広間の隅々にまで届くような声で告げた。

「あいわかった。シルヴェスタ皇国騎士団長に特別休暇を与えよう。一週間でも一月でも一年でも、好きなだけ休むがよい」

「陛下の寛大なる心遣いに感謝いたします」

満面の笑みを浮かべたシルヴェスタは深く頭を下げて、出口に向かって歩き出す。

そんな私達の背中で、結婚を祝うたくさんの声が聞こえていた。

「ではアリサ、行こうか」

「え？　行くってどこに？」

「そうだな。アリサの望む所なら、どこへでも連れていってやろう。どこか行きたい場所はあるか？」

「ふふ、じゃあね……」

ぎゅっと首に抱きついて囁いた言葉に、驚いたように目を瞠ったシルヴェスタは口の端を上げ、ニヤリと笑った。

「任せておけ」

第三十一話　エピローグ　二人の場所

『早く二人っきりになれる場所に行きたい』

大広間でこっそり囁いたおねだりに、シルヴェスタが連れてきてくれたのはいつもの部屋。

特大ベッドが置いてあるだけの、豪華だけど味も素っ気もない、だけど私がこの世界で唯一安心できる場所だ。

「こんな気の利かない場所しか用意できなくてすまない。ヴェアヴォルフ家の本邸に行ってもいいのだが、あそこには両親と弟がいるのだ。すぐに別の屋敷の手配をするから、少しの間だけ我慢してくれるか」

どこか申し訳なさそうに話すシルヴェスタに、思わず首を横に振る。

「ううん、ここでいい。っていうか、ここがいいよ。安心する」

だってその証拠に、部屋のドアが閉まった途端、緊張が解けたのか身体の震えが止まらない。

いやでもさ、起きたらこの部屋にいて、いきなりマットに俵みたいに担がれて、大広間に着いたと思ったらシルヴェスタが死刑宣告されてたんだよ？　驚く間もなくあのメタボ親父とやり合って、皇帝陛下やみんなの前でプロポーズされて……

これって我ながらすごい展開だと思うんだよね。望んでこの世界に来たとは言え、環境の変化に自分の心が追いつかない。

「どうした？　震えているな、寒いのか？」

「大丈夫。……でもちょっとだけ、このまま抱き締めててほしいな」

「ああ、もちろんだ。……アリサ、私も早く二人きりになりたかった」

壊れものでも扱うようにそっとベッドに下ろされて、でも離れたくなくて胸板にしがみ付く。シルヴェスタはそんな私を温めるように、強く抱き締めてくれた。

「アリサ……」

乞うように名を呼ぶ低い声が掠れてて、それだけでなんだか胸が詰まって苦しくなる。

「シルヴェスタ……すごく、すごく会いたかった」

「私もだ。アリサ……」

こらえきれずに溢れた涙を掬い取った唇が、ゆっくり、そして強く私の唇に重なる。

優しく歯列を割って入った舌が口の中を丹念に解しながら、深く深くへと進入する。自分では触ったことのない歯裏をなぞられて、上顎も舌の裏も全部愛撫されて、貪られる。

深くて、激しくて、まるで不在だった時間を埋め合わせるような、そんな切ないキス。舌の付け根を強く吸われて吐息が漏れた時、私の肩にかかっていた騎士服がシーツの上に滑り落ちた。

「ね、シルヴェスタ、これって現実、だよね？」

「ああ、もちろんだ」

「なんだか……信じられない」

「信じられない？　私がか？」

「ううん、ちがう。今こうして私がここにいるのが、まだ実感がわかないっていうか……」

背中を撫でる掌の温度すら本物か信じられなくて、どんどん不安が募っていくのはなぜだろう。

――これは夢じゃない？

目の前にいるこの人は本物？

目が覚めたら、また日本に戻ってたりしない……？

震えながら分厚い胸に縋りつく私の背を、あやすように大きな掌が往復する。

「……そうだな。実は私も信じられない」

「え？　シルヴェスタも？」

「ああ。こんなに綺麗な女性が私の妻になるということが、いまだに信じられない」

「はあ？　ふふっ」

「どうした？　なにがおかしい？」

「だって真面目な顔して綺麗な女性とか言うから」

「うん？　本当のことだろう？」

「初めて会った時は男と間違えて、男娼だとか言ったくせに？　あんだけ胸を揉んでもわからなかったくせに？」

「ははは、そうだったな。あの時の私はどうかしていた」

笑いながらシルヴェスタは私をベッドに押し倒して、勢いよく上から覆いかぶさった。

窓から入る光を受けて、私を見つめるルビーのような瞳がきらきらと煌めく。すっかり馴染んでしまった眉間の皺に、精悍な顎のライン。

でも頬の辺りの影が濃く見える気がする。もしかして少し痩せたの……？

「……なあアリサ、知っているか？」

突然耳に感じたのは腰がぞわぞわする低音ボイスと、シルヴェスタの唇の温度。

「ん？　なに……あっ、」

「耳にする口付けには『誘惑』の意味があるんだ」

湿った舌が耳朶をなぞり、わざと音を立てて耳の中を這い回る。

唾液が絡む水音と低い声に耳が犯されて、子宮が甘く疼いてしまう。

「んっ、あ、シルヴェスタ、は、私を誘惑、したいの……？」

「したいんじゃない。誘惑してるんだ」

手際よくパジャマ代わりのＴシャツを脱がせたシルヴェスタは、レースのキャミソールとショーツだけになった私の姿を見て、満足そうに目を細めた。

「随分と色っぽい格好をしているな」

「シルヴェスタ……んっ」

「とても綺麗だ。もっとよく見せてくれ」

甘い言葉を囁く唇が、耳から首筋を辿って胸元へと這っていく。

じれったいほど優しく胸に落とされるキスに、まだ触られてもいない頂が期待してツンと勃ち上がる。

ぬめった舌がレースの上から先端を丹念に舐めて、味わうように吸い上げる。もう片方の頂は二本の指で捏ねられて、くりくりと捩られる。

執拗な愛撫ですっかり硬くされた乳首がじんじんと熱を持って、私はいつの間にかに太腿を擦り合わせていた。

「あ、ん、あっ、ああっ、それ、気持ちいい……んあっ」

「こんなに硬くして……堪らないな。アリサは乳首を弄られるのが好きなんだな」

「ん、好き……シルヴェスタ、すきなの」

身体を這う大きな手がいつの間にかにキャミソールを脱がして、ショーツの紐を解いている。

剥き出しになった襞が指で優しくなぞり開かれて、隠れていた花芯に指が掠める。その刺激に身体が跳ねると、今度は花芯だけを避けるみたいに、くるくる周りが撫でられる。

「あ、あああああんっ」

「ドロドロだな。今にも蜜が零れそうだ」

汗で湿った膝裏を掴まれて、大胆に開かれた股の間に唇が落とされる。

熱い舌で硬く勃った粒を丹念に舐め、じゅるじゅると音を立てて吸いながら、太い指は蜜壺の中を広げるように掻き回す。

なんで、なんで、私の気持ちいい所が全部バレてるんだろう。的確に弱い箇所を攻められて、あっという間にイかされそう。

腹側の壁を押しながら指を激しく抽送されて、じわじわと溜まる熱が背中を這い上がる。

「あっ……ぁあン、それ、すごい……」

「すごいな、指を咥えて美味しそうに食べてるぞ」

大きな舌が優しく蜜芯の周りをくるくる舐めて、今度は上から潰すみたいに強く押す。

じゅるりと吸われて腰が撓ると、次は貪るように蜜を啜られる。

強すぎる快感に嬌声を上げ背中を撓らせる私の中を、太い指が容赦なく掻き回す。

襞を確かめるみたいにずるりと蜜道をなぞり、じゅぽじゅぽと音を立てながら指が激しく動いた。

「ああ、そこ、だめ、あっ、ぁっ」

「大分柔らかくなってきたな。アリサ、ここがいいんだろう？」

じゅうっと蜜を啜る音に、一気に視界が弾けた。

「あ、イく、いや、あ、あああぁぁぁっ」

ガクガクと震える身体がふっと解放されて、うっすら開けた目に、はだけたズボンからそそり立つ怒張が映る。

明るい部屋で見る雄はお腹まで反り上がって、凶悪なまでに膨張していた。

乱暴に服を脱ぎ捨てたシルヴェスタは、火傷しそうな熱の塊を蜜口に宛がった。

「すまない、私も限界だ。……挿れるぞ」

「ま、待って、今、私イったばっかりで、あ、あああぁぁっ」

みちみちと押し入ってくる剛直の圧迫感に、身体がぎゅっと強張る。

切り拓かれるような痛みがあるけど、中がいっぱい詰まってるみたいで気持ちがいい。

感じる所が全部擦り上げられて、瞼の裏側がチカチカと点滅する。

どうしよう。挿れられただけなのに、きもちいい。今動かれたら、私、すぐにイっちゃいそう……

「は、あ、あ、あ、あ、あぁ……」

「……なんて締めつけだ……。アリサ頼む、少し力を抜いてくれ」

「ふ……あぁ、そんなの、むり、だよ」

「アリサ、大丈夫だ。私を見ろ」

見上げたシルヴェスタの額にうっすら汗が光る。眉根を寄せ、瞳に切ない色を宿した大きな騎士が、どこか苦しげに私に懇願する。

「私の名前を呼んでくれるか？」

「あ……、シル、ヴェスタ……？」

「そうだ、アリサ、もっと呼んでくれ」

「シルヴェスタ、……シルヴェスタ」

「ああ、いいぞ、アリサ……私はここにいる」

低い声で名前を呼びながら、シルヴェスタは優しく唇を奪う。

柔(やわ)らかく舌が食(は)まれて、身体がぴくんと反応するたびに、少しずつ緩む蜜道が杭を受け入れる。

やがて熱杭を最奥まで穿(うが)つと、シルヴェスタは腰の動きを止め、いつの間にか眦(まなじり)に溜まっていた涙を優しく唇で吸い取った。

「アリサ、私の熱を感じるか？」

啄(ついば)むようなキスをしながらゆっくり引き抜かれた肉棒が、蜜を自身に纏(まと)わせるように浅い場所を掻き回す。

「あっ、ん、そこ熱い、熱いよ……」

「これでもまだ、現実だとわからないか？」

「あ、やだ、わかる、わかるから、そこ、だめえっ」

「アリサ、もっと私の熱を感じてくれ……」

「ああああぁっ」

唐突に始まった激しい抽送に、私は堪らず声を上げる。

穏やかだった動きが激しくなり、浅かったストロークが深くなると、ぐちゅぐちゅと卑猥な水音も大きくなる。

「ふ、あん、シルヴェスタ、そこすご、い、きもち、いい、の」

「ああ、アリサ、ここか……？」

「あぁ、あ……んっ、シルヴェスタ、シルヴェスタぁ……」

深い所を突かれて、溺れてしまいそうな快感が怖い。助けを求めて藻掻くように伸ばした手を、大きな手が握った。

「ああ、シルヴェスタ、そこ、私、イっちゃう」

「ああ……アリサ……、いいぞ、何回でもイってくれ」

「あ、だめ、あ、あぁあぁあぁっ」

「……クッ、アリサ……！」

ガツガツと奥を抉るような抽送に、視界がチカチカと瞬く。

一際強い突き上げにびくびくと身体を仰け反らした私を、シルヴェスタが強く抱き締める。

次の瞬間、一番奥の壁に当てるようにして止まった熱杭から、熱い飛沫が吐き出されたのがわかった。


ふと私の手を触る感覚に目が覚める。

まるで弱く拘束されてるみたいな……これはなに？

うっすら開けた目に映るのは、逞しい腕の筋肉。

滑らかに走る筋を視線で辿っていくと、大きな手に包まれた自分の手を見つけた。

「シル……ヴェスタ？」

「起きたか？」

「うん。私……あっ！」

背中から感じる低い声を聞いた途端に、一気に覚醒したのがわかった。

がばりと身体を起こして振り向くと、驚いたように目を瞠ったシルヴェスタが私を見つめている。

すでに付属物になったかように存在する眉間の深い皺に、綺麗な赤い瞳。同じ色の短い髪が乱れて、わずかに額にかかる。

「どうした？　怖い夢でも見たのか？」

「……ううん、ちがうの。シルヴェスタ、私……」

ものすごい安心感に涙腺が緩んで、あっという間に目に薄い膜が張る。

泣き顔なんて見せたくないから瞬(まばた)きして頑張ったのに、抱き寄せる腕の温もりに、もう我慢ができなかった。

「大丈夫だ。アリサ。……私はちゃんとここにいる」

「うん……うん」

私がなにも言わなくても、きっとシルヴェスタはわかってくれてる。

目が覚めて日本に戻ってたらどうしようって、それがすごく怖かったのも。

起きた時に隣に誰もいなかった、あの時の恐怖を思い出したのも。

だから目が覚めてシルヴェスタが目の前にいて、すごく安心したんだってことも……

ぶっとい腕が強く私を抱き締める。背骨が軋(きし)むぐらいぎゅってされて、息が詰まって苦しくなる。でもその不器用な力加減が、逆に私を安心させてくれる。

「大丈夫だ。アリサが不安なら、これからは寝る時はいつも、さっきのように手を握っててやる」

「うん」

「アリサが許すなら、二人の時はいつもこうして抱き締めてやろう」

「なんなら執務中も、こうしててもいいぞ？」

「うん」

「うん……うん？」

不謹慎なセリフに驚いて顔を上げると、そこには不遜な笑みを浮かべたシルヴェスタが、私を見つめていた。

ちょっと意地悪そうで、ふてぶてしくて、余裕たっぷりで……、でもいかにも頼りになりそうな笑顔に、私も思わず笑ってしまう。

「ふふ、執務中もって」

「ふ、マットはともかく、きっとイアンが驚くだろうな」

「イアンさん？」

「ああ。私の執務を補佐する特別な文官だ。まあ今はマットの補佐をしているようなものだがな。そのうち紹介しよう」

「うん。ねえ、さっき言ってた、ご両親と弟さんにも会いたいな」

「そうだな。是非紹介させてくれ。但し私が結婚するとは思ってなかっただろうから、かなり驚かれるとは思うが」

「そうなの？」

「ああ。覚悟しておいたほうがいい。ヴェアヴォルフの人間はなかなか強烈だ。きっと大歓迎されるだろう」

「ふふ、そっか。楽しみ」

くすりと笑うと腕の力が緩んで、窺(うかが)うように紅い瞳が覗(のぞ)き込む。不思議に思って首を傾げると、シルヴェスタは背筋を伸ばし私に向き直った。

「……アリサ、手の甲への口付けは『敬愛』だ。私がどれだけお前を愛しているか、知ってほしい」

まるでエスコートされるみたいに手が掬(すく)われて、恭(うやうや)しく手の甲に唇が落とされる。そしてゆっくり離れた唇の温度を惜しむ間もなく、今度は掌(てのひら)にキスをされる。

「そして掌(てのひら)への口付けは、お前の愛を乞(こ)う『懇願(こんがん)』だ」

「懇願(こんがん)？　私の愛を乞(こ)うって……？」

「アリサは我々と異なる世界から来た黒髪の乙女だ。これから不安なことも多いだろう。だが……私がいる。これからなにがあろうとも、どうか私を信じてほしい」

真っ直ぐ私を見つめる瞳には、揺らがない強い光が灯る。

でもなにか問いたげに見えるのは、もしかしてシルヴェスタも私と同じに、不安を感じてるの……？

——ここは異世界。皇帝だの貴族だのって身分制度もよくわからないし、食べ物だって違った。文化も常識も、なにもかもが日本とは違うはず。

こちらの世界を選んだのは自分の意思だけど、正直言って不安も多い。

……でも、きっと、この人なら大丈夫。

こんなふうに私を気遣ってくれるシルヴェスタなら、きっと私は大丈夫。うん、そう信じられる。

「……ね、シルヴェスタの掌って硬いよね。これって剣だこってやつ？」

「ん？　ああ、そうだな。ここが硬くなるのは剣の柄が当たるからだ。……女性には粗野だと思われる手だろうな」

突然話題を変えた私に、シルヴェスタはちょっと驚いたように眉を上げながら、それでも掌を開いて見せてくれる。

ちょっとかさついてて、掌の皮が硬くてゴツゴツしてる、無骨な手。

だけどよく使い込まれたこの手はいつも優しくて、全身をとろとろに溶かしてくれる、私の大好きな手。

私はその大好きな手を持ち上げて、手の甲と、そして掌にキスをした。

「ううん、そんなことない。大好き。っていうか手だけじゃなくて、ええっと、私もシルヴェスタを愛してる、からね？　だからその、私のことも信じてほしいっていうか、大切にしてよね。……浮気とかしたら、絶対に許さないからね？」

照れ隠しに上目遣いで睨んでそう言うと、シルヴェスタは驚いたように目を瞠ったあと、それはもう嬉しそうに顔を綻ばせた。

「ああ。もちろんだ。浮気など女神に誓ってしないし、必ず大切にする」

「うん」

「……ああ、それにしても、アリサがこんなに魅力的では、手を握っているだけでは心配だな。いっそ別の場所を繋いでおくか？」

「……はあ？　ちがう場所って……ん！」

すっかり夜の帳が下りた窓の外から差し込むのは、一条の光。

優しい月の光が、ベッドの上でキスを交わす私達をいつまでも照らしていた。

番外編
特別乗馬訓練

第一話　屋外訓練

「シルヴェスタ、私、どうすればいい……？」

「アリサ、大丈夫だ。私を信じろ」

「でも……やっぱり無理。だって外は初めてだし……怖いよ」

「アリサならできる。ほら、もっと身体の力を抜いてごらん」

「いやだめ、待ってシルヴェスタ」

「ああ、いい子だな。よし、そのままの姿勢で……そうだ、そのまま真っ直ぐ」

「や、だめ、離さないで、あ、ひっ…………っ！」

　雲一つない抜けるような蒼天（そうてん）がカリネッラに広がったその日、緑豊かな草原に、私の引きつった悲鳴が響いた。

◆◇◆

「……ねえシルヴェスタ、私、馬に乗ってみたいんだけど」

「馬？」

それはある日の夜のこと。まったりとシルヴェスタの上で筋肉を辿(たど)って遊んでいた私は、ふと思いついた願望を言ってみた。

だって、逞(たくま)しい騎士に抱かれて馬の上でキャッキャウフフみたいなシチュエーション、誰だって一度は憧(あこが)れると思う。うん、ベタなのは重々承知してるけど、少なくとも私は憧(あこが)れた。

だから小首を傾げて可愛くおねだりしたつもりだったのに、返ってきた反応は予想とはちょっと違うものだった。

「だが……あれは騎馬だ。アリサのような小柄な女性が扱うのは難しいかもしれん」

眉間の皺(しわ)を深くして宥(なだ)めるように頭を撫(な)でるシルヴェスタに、私はますます首を傾げた。

ん？　なんか思ってた反応と違うぞ？

「大丈夫だよ、シルヴェスタがいるんだし。それにほら、前に神殿から助けてくれた時、馬に乗せてくれたんでしょ？　私、その時のこと全然覚えてないんだよね。だからなんだか悔しくっ……ぐぇっ」

突然ぶっとい腕でむぎゅっと雄（お）っぱいに顔を押し付けられて、蛙（かえる）が潰（つぶ）れたみたいな声が出てしまった私は悪くないと思う。

「アリサ、あの時は本当にすまなかった。怖かっただろう？」

「ちょ、シルヴェスタ、苦しい……」

「そうか、苦しかったのか。可哀相に……。そうだな、アリサの言う通り、万が一に備えて乗馬の訓練をしておくのはいいのかもしれん。いつ何時なにが起こるかわからないしな」

「は？　万が一？　っていうか訓練？　いや、ちょっと待ってよ、そうじゃなくてさ」

「よし、そうと決まれば早速手配をしよう」

「あの、シルヴェスタ、聞いてる……？」

その翌週、準備ができたと連れていかれたお城の厩舎で、私は遠い目をしていた。

そりゃあ確かに私の持ってる馬に関する知識なんて、微々たるものだ。乗馬だなんて優雅な趣味にはとんと縁がなかったし、競馬もまったく興味がない。せいぜい観光地で乗馬体験をしたことがあるとか、あとはテレビや映画で見るくらい。

でもそんな記憶の中の馬とこの世界の馬は、明らかに違ったのだ。

「アリサ、紹介しよう。こいつはエスタといって自慢の相棒だ。どうだ綺麗だろう？この厩舎の中、いや皇国で一番の駿馬だ。元々エスタの母馬が私の愛馬でな。あれも実に優秀で美しい馬だった」

「はあ……」

厩舎の人が手綱を引いて連れてきたのは、なんていうか……ものすごくデカい馬だった。

シルヴェスタ曰く青毛と呼ばれる全身真っ黒なこの子は、血統はもちろん騎馬としても優秀らしい。

それはもう愛おしそうにエスタの長い鼻を撫でるシルヴェスタの横で、ポカンと口を開けた私はそびえ立つ巨体をまじまじと見上げた。

艶々と光る毛並みは、まるでビロードのよう。長い睫毛が縁取るつぶらな瞳は理知的な光を湛え、穏やかな眼差しで私をじっと見つめる。うん、確かにすごく綺麗で賢そうな馬だ。

だけど、そもそも私の身長と変わらない高さにある鐙に、一体どうやって足をかけろと？

たとえそこにある踏み台を使ったとしても、鐙に足をかけるには、ちょっと、いやかなり足の長さが足りないよね？

でも、ちゃんと乗馬服を用意した意味がようやくわかった。誰か小柄な騎士のお古の服をもらえればって言った私に、シルヴェスタはわざわざ仕立屋を呼んで、専用の服を誂えてくれたんだ。

あの時は大げさだって思ってたけど、確かにサイズの合わないぶかぶかの服だと、色々危険かもしれない。

それに……臙脂色に黒の刺繍の入った上着は、どことなくシルヴェスタの騎士服と似ていたりする。それがちょっとお揃いみたいで、嬉しくてニヤニヤしてしまう。

「……というわけだ。だから安心するといい」

「え？　あー、うん。そうなんだ。はは、スゴイネー」

「では行くか」

「へ？　行くってどこに？」

「ああ、城の馬場を使ってもいいのだが、人目が気になるからな。アリサの足、いやこのように可愛らしい姿を他の男に晒すわけにはいかない。……さあ掴まれ」

　話しながらヒラリと馬に跨ったシルヴェスタは、優しい笑みを浮かべて馬上から手を差し伸べた。

　見事な体躯の青毛の馬に跨るシルヴェスタは、いつもの黒い騎士服に黒いマントを翻す。逆光に透けた短い髪は、いつもより鮮やかな赤で……

　思わず見惚れてしまった私は、なんの疑問も持たずシルヴェスタの手に自分の手を重ね――次の瞬間、馬上の人となっていた。

「まずは馬の感覚に慣れることが大切だ。力を抜いて私に寄りかかって。そして……そうだ、そうやって私の腕に掴まっているといい」

「こう？」

「ああ、それでいい。さあ行くぞ。しっかり掴まっていろ」

「うん！」

　頭上に広がるのは雲一つない真っ青な空。逞しい筋肉に背後からすっぽり包まれた私は、にやける顔を誤魔化すように手綱を握る腕に手を回した。

これだよこれ、このシチュエーション！　騎士に抱かれて馬に二人乗りとか美味(おい)しすぎる！　しかもそれが黒い騎士服姿のシルヴェスタとか、もう最高でしょう!!

「基本的に街中(まちなか)で馬を走らせるのは禁止している。我々皇国騎士団が騎馬で巡回する際も、大体この速度で歩かせる。ごく基本的な常歩(なみあし)だ」

「へー、なるほど。確かにこんなに人通りの多い場所で走らせたら、危ないもんね」

お城の馬場を抜け裏門から街へと出た馬は、小気味のいい蹄(ひづめ)の音を響かせて石畳の上を滑らかに進んでいく。

しばらくして家が途切れ人通りの少ない場所までやってくると、シルヴェスタは馬の速度を上げた。

「ここから門までは少し速度を上げよう。これで先程の倍くらいの速さだ」

「へ、へー、なるほど、確かに速いね」

さっきより上下に跳ねるように揺れる鞍(くら)の上で、私はシルヴェスタの腕にギュッと掴(つか)まって内股に力を入れた。

考えればわかることなんだけど、デカい馬の背は当然デカい。だからかなり横幅の広い鞍(くら)に跨(また)がる私は、自然と大きく股を開くことになる。

つまりなんていうか、不安定なお尻を支えるには、内腿(うちもも)に力を入れなきゃなんだけど……。あれ？　これってもしかすると結構いい運動かもしれない？　っていうか、私、そんなに体力ないんだけど……？

そうこう考えているうちに、馬はどんどん先を進む。

「ほらご覧、門が見えてきた。あそこで皇都に出入りする人間を検問しているんだ」

「シルヴェスタ団長！　お疲れ様です！」

「ああ」

やがて見えてきたのは、街と外を隔てる立派な門。待ち構える兵士達に手を挙げて挨拶したシルヴェスタは、舗装された街道を逸れて、その先へ馬を進めた。

眼前に広がるのは緑豊かな平原。木々の向こうになだらかな丘陵を望み、遥か彼方には頂上に雪が残る険しい山の峰が連なる。

そんな景色を楽しむ余裕もなくシルヴェスタにしがみ付いていた私は、突然ぴんと張った腕の筋肉に嫌な予感を覚えた。

「よし、エスタ、待たせたな。ここからがお前の本領発揮だ。アリサにいいところを見せてやろう」

「……へ？」

「アリサ、しっかり掴まっていろ。さあエスタ、行くぞ！」

「うわぁぁぁぁっ……っ……！」

美しく壮大なカリネッラの景色の中、漆黒の馬が見事な筋肉を躍動させ草原を疾走（しっそう）する。

馬を駆るのは、同じく漆黒のマントをなびかせる皇国の騎士シルヴェスタ。そしてその腕の中には、引きつった顔で必死で彼の腕にしがみ付く私――

うん。正直に言って乗馬を舐（な）めてた。

走る馬の上で優雅にキャッキャウフフとか、余程慣れてないと絶対無理。あれはきっとインナーマッスルを鍛えた達人にのみ許された、匠（たくみ）の技に違いない。

しかも下からの激しい突き上げ（ダイレクトアタック）に、下半身はすでに限界に近づいている。シルヴェスタがしっかり支えてくれてるけど、今まで使ったことのない筋肉の、断末魔の叫びが聞こえるようだ。

「……よし、ここでいいだろう」

だから馬が止まった時、私は心の底からほっとした。

ああ、これでようやく馬から下りられる。今、私に必要なのは内股とお尻の休息だ。ノーモア大股開き。ノーモア下からの激しい揺れ、ってさ。

でも、さっと馬から下りたシルヴェスタは私に手綱を持たせると、にっこり笑って無情にもこう言い放った。

「アリサ、待たせたな。ここなら好きなように動いていいぞ」

「……は？　え？」

「エスタは賢い馬だ。アリサを振り落としたりはしない。だから安心するといい」

「ちょっと待ってよ、私、馬は初めてだし、馬に乗りたいって、そういう意味じゃ……うわっ」

私の抗議をよそに、キチンとシルヴェスタの意図を理解したエスタは、ゆっくりと歩き出す。

「大丈夫だ。ほら、もっと身体の力を抜いて」

「いやだめ、待ってシルヴェスタ」

「ああエスタ、いい子だな。よし、アリサ。そのままの姿勢で……そうだ、そのまま真っ直ぐ」

「や、だめ、離さないで、あ…………っ！」

「よしいいぞ、アリサ、もう少し太腿(ふともも)に力を入れて締めてみろ」

「ちょ、おま、無理だって」

「背筋を伸ばして、馬と一体になるんだ」

「馬の歩みに合わせれば、自ずと身体がついてくるものだ。怖がらなくていい。エスタを信用しろ」

「……っ！　……っ！」

それはもう真剣な表情でアドバイスするシルヴェスタと、その指示を忠実にこなすエスタ。

せめて鞍から落ちないように、デカい馬の背中でバランスをとりながら、私は思った。

これじゃない。私が求めていたのは、これじゃない。

私がしたかったのは馬で抱き締められながら、『アリサ、お前にこの景色を見せてやりたかったんだ……』とか、そういうロマンティックな筋肉との触れ合い。

ねえシルヴェスタ、私は馬の筋肉と触れ合いたいわけじゃないんだよ……？

「うむ、目線はそうやって遠くを見ているといい。アリサはなかなか筋がいいぞ！」

その声に応えるかのように馬が嘶く陰で、私の引きつった悲鳴がシルヴェスタに届くことはなかった……

「ひっ……」

第二話　屋内訓練　シルヴェスタ視点

「……ねえシルヴェスタ、私、馬に乗ってみたいんだけど」

アリサが珍しく自分の希望を口にしたのは、先週のことだ。

情事のあと、私の胸に身体を預け眠そうにしていたアリサは、思い出したように顔を上げ、そんなことを言った。

普段は滅多に物をほしがらないアリサの願い。できることなら喜んで叶えてやりたいところだが、一瞬躊躇ったのは、それが馬に関することだったからだ。

我が皇国騎士団の厩舎にいるのは、国中から集めた選りすぐりの馬ばかり。甲冑を着用した騎乗に耐えるように体格がよく、気性の荒く強い馬が多い。女性が嗜むような乗馬に向いているとは到底思えない。

「だが……あれは騎馬だ。アリサのような小柄な女性が扱うのは難しいかもしれん」

「大丈夫だよ、シルヴェスタがいるんだし。それにほら、前に神殿から助けてくれた時、馬に乗せてくれたんでしょ？　私、その時のこと全然覚えてないんだよね。だから……」

それを聞いた瞬間、私はアリサの細い身体を力一杯抱き締めていた。

神殿の意図を暴(あば)くために仕方なかったとはいえ、結果的にアリサを囮(おとり)のように扱ってしまったことは、後悔してもしきれない。

神殿に囚われカンザにベッシュを盛られ、どれだけ怖い思いをさせてしまったか。

悲鳴を防ぐため、やむをえず口を塞(ふさ)いだ時の、恐怖に染まった白い顔。そして私だとわかって見せた安堵(あんど)の涙……。あの時の姿を思い出すと、今でも心が痛む。

確かにいつまた不測の事態が起こるともしれない。万が一に備えて訓練しておくのはいいかもしれん。

今、厩舎(きゅうしゃ)にいる中で一番大人しい馬はあの白い牝馬(ひんば)だろうか。せっかくなら私の愛馬もアリサに見せてやりたい。あいつはプライドの高い馬だが、少しの間なら大人しくしていられるだろう。

そうだ。この機会にアリサの乗馬服を誂(あつら)えるのもいいな。流石(さすが)に乗馬用のブーツは間に合わないだろうが、その代わり皇都一の仕立屋を呼んで……

頭の中でそんな算段をしていた私は、この時点でまったく気が付いていなかった。

アリサと私の乗馬の認識に、すでに大きな齟齬(そご)が生じていることに――

◆
◇
◆

『シルヴェスタ……』

『アリサ、ちょっと待っててくれ。すぐに下ろしてやるからな』

『……ごめん、私、もう無理、みたい……』

『おい、どうした？　アリサ？　アリサ、しっかりしろアリサ！』

乗馬の訓練を終えて城に帰った途端、アリサは鞍から崩れ落ちた。

慌てて診せた医師に言われたのは、全身の酷使による極度の疲労。しかも内腿と臀部の擦過傷がひどく、しばらくは傷と痛みが残るらしい。

寮舎にある自室のベッドにぐったりと横たわるアリサの傍らで、私は己の浅慮を激しく悔いた。

「本当にすまなかった。私がついていながら、なんということを……。アリサはか弱い女性だというのに配慮が足りなかった」

「ううん、シルヴェスタは気にしないで。私が単に運動不足だっただけだし……痛っ」

「だが……」

「あ、でも……お願いがあるんだけど」

「ああ！　なんでも言ってくれ！」

「しばらく部屋は別にしてほしいの。すごく痛みが強いからさ。一人でベッドを使ってもいいよね？」

「あ、ああ、そうだな。その通りだ。もちろん構わない」

「あと、もう一つあるの。これは身体が治ってからでいいんだけど……」

「ああ、なんでも言ってくれ」

「なんでもいいの？　本当に？」

「ああ。可愛い妻の願いを叶えないなど、ありえない。皇国騎士団長の名に懸けて誓おう。……だから今はゆっくり休め、アリサ」

「うん。せっかくだから、ゆっくり休ませてもらうね」

アリサが床払いを済ませたのは、それから一週間後のことだった。

執務を終え、急いで部屋に戻った私を待っていたのは、なぜかあの時と同じ乗馬服を身に纏ったアリサだった。

　一週間ぶりに会えた嬉しさで思わずアリサを抱き上げると、彼女は私の首に抱きつき、それは嬉しそうに笑った。

「アリサ、もう身体は大丈夫なのか？」

「うん。お陰さまで、すっかりよくなったよ」

「そうか、それはよかった！　だが……その服はどうしたのだ？」

「うふふ、せっかくだから、身体が忘れないうちに乗馬のおさらいをさせてもらおうと思って。だってあの時、約束したよね？　なんでもお願いを聞いてくれるって」

「ああ、それはもちろん構わないが……。願いとは乗馬のおさらいだったのか？　だが外はもう暗い。せめて明日の朝にしたほうがいいのではないか？」

「ううん、今すぐにおさらいしたい。だって寝込んでる間、ずっと考えてたし。それにこれは私の世界に伝わる、室内でする乗馬の訓練だから、今からでも大丈夫」

「ほう、女神の国には屋内でできる乗馬訓練法があるのか。それは素晴らしいな」

「ふふふ、じゃあね、お馬さんごっこと騎乗位と……じゃなくて、俯せでする訓練と仰向けでする訓練、どっちがいい？」

「俯せと仰向け……？」

臙脂色(えんじいろ)に黒の刺繍(ししゅう)の入った上着に白のズボン、そして黒い革のブーツを履いたアリサが、上から私を見下ろす。

流石(さすが)は皇都一と呼び声の高い仕立屋だ。女らしい身体を引き立てる見事な出来映えだ。特にぴたりと沿った臀部(でんぶ)と太腿(ふともも)が素晴らしい。

そんなことを考えながら仰向けに横たわる私の上に跨(また)がったアリサが、ゆっくり腰を落とす。

下から見上げるアリサの髪がランプの明かりに照らされ、動きに合わせて揺らめくさまがなんとも艶(なま)めかしい。

「アリサ、これは……？」

「そんなに緊張しなくても大丈夫よ。シルヴェスタ、ほらもっと身体の力を抜いて？」

腰のおさまる位置を確認しているのか、柔(やわ)らかな尻の肉が何度もアソコに押し付けられる。そのたびに硬くなっていく自分の下半身が恨(うら)めしい。

それでなくても一週間ぶりに触れるアリサの身体。本当ならこのまま押し倒してしまいたいところだが、このおさらいはアリサのたっての願いだ。ここは我慢のしどころだと、私は丹田(たんでん)にぐっと力を入れた。

やがて馬乗りになったアリサは背筋を伸ばし、私の腰の上で身体を上下に揺すり始めた。

「ねえ、こんな感じだったかな。どう？　上手い？」

「待て、これはだめだ、アリサ」

「ふふ、動いちゃだめ。シルヴェスタはそのままの姿勢で。……このまま真っ直ぐ腰を上下すればいいのよね？」

「クッ、アリサ、これはいかん…………っ！」

「あらだめなの？　ああそうか、そういえば太腿に力を入れて締めるんだっけ。じゃあ、こうかな？」

「ちょっと待て、まずい、アリサ、本当に頼む」

「うっ……ぐっ……」

「背筋を伸ばして、馬と……この場合はシルヴェスタと一体になればいいのかな」

「馬の歩みに合わせれば、自ずと身体がついてくるものだ、って言ってたよね？　ほら、シルヴェスタ、ちゃんと馬みたいに動いてくれないと」

「っ……！　っ……!!」

「ねえ、私は筋がいい？　あら、どうしたの？　そんなに遠い目をして」

その後、アリサによる乗馬訓練は深夜まで続き、皇国騎士団の寮舎に私の押し殺した苦悶の声が響いた――かどうか、私にはわからない。

第三話　実践訓練　シルヴェスタ視点

「よお、昨夜はお楽しみだったようだな」

翌日の朝いつものように執務室にやってきたマットは、私の顔を見るなりニヤリと口の端を上げた。

実際はお楽しみどころか、室内乗馬訓練とやらのお陰でひどい目にあったのだが、そんなことをこいつに言うのは格好のネタを提供するだけだ。

無言で首肯を返す私に、イアンが書類から顔を上げた。

「おや、アリサ様は床払いをしたんですか？　随分長くかかりましたね。おめでとうございます」

「ああ。そうだな。……本当に長かった」

思い起こせば件の乗馬訓練から八日。つまり怪我に障るといけないからと、アリサに部屋から追い出されてから、もう八日も経っているのだ。

だが、昨夜は久しぶりにベッドを共にしたにもかかわらず、室内訓練で疲れ切ったのか、アリサは早々に寝てしまった。

恐らく体力がまだ戻っていないのだろう。仕方なく私も隣に横になったが、盛り上がった身体を持て余し、さながら拷問のような一夜だった。

思わず漏れた溜息に気が付いたのか、マットが怪訝そうに顔を顰めた。

「なんだ？　そんなしけたツラして。新婚に当てられて溜息を吐きたいのは、こっちだぞ？」

「なんの話だ」

「いやよ、アリサちゃんの持つ『女神の知識』はすげえなって、常々思ってたけどよ。お前、女神の世界にはあんなけしからんもんがあるなんて、羨ましいったらねえぞ」

「……なんの話だ？」

「いや、だから例の乗馬の話さ。女神の世界には騎乗位っつーのがあるんだろう？　女が上に乗って腰振ってくれるなんて、最高じゃねえか」

「――マット、その話、詳しく聞かせてもらおうか」

「お、おう。……俺なんかやらかしたか？」

私の手の中で二つに折れた羽ペンを見て顔色を悪くしたマットに、イアンが呆れたように頭を振ったのが、視界の端に映った。

「おかえりなさい、シルヴェスタ……うわっ！」

その日、普段より早く部屋に戻った私は、扉の前で出迎えたアリサを抱き上げた。

「あ、あの、どうかしたの……？」

「……マットに聞いたぞ。女神の世界には『体位』とやらがあるそうだな」

そのままベッドに押し倒し、上から覆いかぶさるように跨がると、見開いていた黒い瞳が大きく揺れた。

「『騎乗位』とはなんのことだ？」

「ええっとー、なんのことだろうね？」

「もしや昨夜アリサが言っていた、室内で行う乗馬訓練のことではあるまいな？」

「うっ」

「だとすれば、きちんと本来の『騎乗位』を私に教えるべきではないか？　その上で実地訓練をしたほうが効率的だろう？」

「え、あ、やんっ、ま、待って」

服の上からアリサの胸に触れると、ピクンと身体が跳ねる。そのまま二本の指で頂を挟んで乳房を揉むと、うっすら顔を上気させ、まるで期待するように私を見上げる潤んだ瞳と目が合った。

──ドクンと股間が疼いた。

「アリサ、口を開けるんだ」

「ん……」

素直に開けた唇の隙間から挿れた舌に、迎えるようにアリサの舌が絡む。捕まえた舌に歯を立てて強く吸うと、途端に甘い吐息が零れた。

「ン、あっ……ね、シルヴェスタ」

「集中しろ」

「だって、なんか、怒ってる」

「そうだな。怒っているのかもしれん」

「じゃあ、んんん……ッ」

犯すように口中を深く貪り、強く胸を揉みしだく。

尖らせた乳首をカリカリと爪で掻いて摘まんでやると、面白いように腰が浮く。

スカートを捲り上げて下着の上から割れ目をなぞったところ、すでに布がしっとり湿っているのがわかった。

「ふ……濡れているな。これがほしいのか？」

ガチガチに勃った股間を、わざと彼女の股に擦り付ける。するとアリサは途端に顔を赤らめ、視線を逸らした。

「これがほしければ、自分で挿れてみるといい。『騎乗位』と言うのだろう？」

「シルヴェスタ……意地悪だよ」

騎士のような粗野な男達や、ホーエンローエのような老獪な貴族にも臆することのないアリサだが、時折まるで少女のような振る舞いをする。

無邪気に私の胸に触れるさまも、騎士の鍛錬を見たいと駄々をこねるさまも、なんとも愛らしいが、特に閨で見せる初心な反応が堪らない。

アリサは知識は豊富なのだろうが、明らかに閨事に慣れた身体ではない。だからこそ昨夜のように、無邪気に男の腹の上で腰を振ることができるのだろう。マットに『騎乗位』の話をしたこともそうだ。普通は異性を相手に、そんな話はしないだろう。

だが、いくら信用できる相手だとしても、あいつは歴とした男だ。

……ここは心を鬼にして、私が教えてやらねばなるまい。男を煽ったらどうなるのかを。

「馬に乗りたいと言ったのはアリサだ。遠慮することはない。私はお前の馬なのだから、好きなように跨（また）がって動いてみろ」

「う……」

「だが、そうだな。乗馬の前には身体を解（ほぐ）したほうがいい」

「あっ……ン」

ドレスの前を開き、まろび出た胸に舌を這（は）わす。

すでに尖（とが）りきった薄赤い蕾（つぼみ）を味わいながら下着の紐を解（ほど）き、襞（ひだ）を指で割り開く。隠れた花芽の周りを指でなぞってやると、押し殺したような喘（あえ）ぎ声が漏れた。

「ンッ……あ……あ」

「もうこんなに蜜を垂らして……気持ちいいか?」

「ん……そこ、すき……ンッ」

大きく足を開かせて蜜口に唇を落とし、舌でゆっくり襞（ひだ）をなぞる。花びらをめくるように優しく秘芯を暴（あば）くと、こぷりと蜜が溢（あふ）れ出した。

「あっ、ああんっ」

「こら、逃げては駄目だ」

「だって、それ、気持ち、よすぎて……んんっ」

「それでいい。我慢するな。アリサの蜜は甘いな」

「……ッあああああんっ」

丹念な愛撫で膨らんできた芯を舌で包み、強く吸う。飴のように舐めしゃぶり、滴る蜜をわざと音を立てて啜ると、一際大きく腰が跳ねた。

「だめ、もうイったから、イってるからあっ」

「まだだ。乗馬の前には十分な準備が必要だ。教えただろう？」

うっすら涙を浮かべたアリサが、これ以上の快感を拒むかのように、激しく頭を横に振る。だがわかっているのか？　そのような顔は、ますます男の加虐心を煽るだけだぞ？

暴れる細い腰を押さえ、貪るように蜜を啜る。

「やだ、そんなに強く吸っちゃだめえっ」

「吸うのは駄目なのか？　仕方ない。では指で解してやろう」

「ふぁ、やっ、そこ」

ゆっくり蜜壺に埋めた指を、熱く湿った襞が迎える。

もう幾度となく私の雄を受け入れているにもかかわらず、いまだに狭くきつい道に慎重に指を這わし、腹側の陰核の裏辺り、少しざらつく場所をまずはゆっくり撫でてやる。

身体が跳ねる箇所を押してやると、指を呑み込もうとするように中がうねった。

「あ、シルヴェスタ、そこ、指が、ぁ……へんになる……」

「ここが好きなんだな？　たっぷり可愛がってやるからな」

溢れてきた蜜を吸いながら指を増やし、徐々に速度を速めて抽送を繰り返す。

荒い息の合間に、助けを求めるように私の名を呼ぶのが愛おしい。お陰でもっと啼かせたいと、つい指に力が入ってしまうのは仕方ないだろう。

花芽を指の腹で押しながらぐちゅぐちゅと掻き回す。やがて絡みつく襞が指を強く締めた。

「……っあ、あああああんっ」

泣いているような嬌声を上げてアリサが果てると、反っていた腰が、がくりとシーツの上に落ちた。

「……これで準備はいいだろう。さあアリサ、私に乗ってみろ」

「んっ……あ、ま、待って」

ぐったりと弛緩した身体を私の上に乗せたところ、しばらくしてアリサは胸板に手をつき、気怠げに上半身を起こした。

前をはだけた下履きからは、ガチガチに勃起した怒張がそそり立つ。

まさに恐る恐るといった様子でアリサは腰を下ろし、切っ先を蜜口に合わせた。

「ん……んっ」

自分でもわかるほどぱんぱんに張った亀頭が、ぬるりと蜜口の上を滑る。

アリサはその上に何度も腰を落とすが、なかなか上手く挿入できないようだ。健気に股を怒張に擦り付けるたびに、白い頬が羞恥に赤く染まっていく。

「ふ、私を焦らして楽しんでいるのか？」

「だって、これ上手くできない……から」

「そうか、馬に一人で乗るのはまだ二回目だったたな。ならば今回は特別に手伝ってやろう。ここにゆっくり腰を落とすんだ」

己の肉棒を片手で支えてゆっくり蜜口に当て、もう片方の手で掴んだ腰を下へと誘導する。

先端さえ入ってしまえば、すでにどろどろにぬかるんだ蜜道は、貪欲に私の肉杭を呑み込んでいった。

「あ、あああああぁんっ」

「ぐっ……これは、堪らん」

自分の体重で一気に奥まで肉棒に貫かれて、アリサが私の上でぶるぶると震える。

大きく肩で息をしながら眉を下げ、痛みを耐えているかのような表情は、いっそ扇情的ですらある。

だが、そんな表情とは裏腹に、隘路はまるで早く動けと催促するように、肉棒に絡みつく。

これはこれで、なかなかそそる状況だが……そろそろ我慢の限界だ。

アリサの目尻に浮かんだ涙を指で拭いながら、私はゆっくり腰を揺らした。

「さあ、私が馬だと思って好きに動いてみろ」

「あ、あ、待って」

「どうした、まだ常歩の速度も出てないぞ？」

「やあ、アッ、ぁ、だめ、や」

前後にアリサが腰を振ると、白く柔らかな胸が私を誘うように揺れる。

動きに合わせて下からゆっくり突けば、蜜壺がぎゅうぎゅうと雄を締めつけた。

「あンッ、それすごい、や、おく、当たってる」

「クッ」

どこかぎこちないアリサの腰の動きが、かえって私の欲を煽る。堪らず両手で腰を掴み、下からズンと腰を突き上げた。

「あっ、やあンッ、これ激しい」

「なんて締めつけだ……アリサ、これが速歩、だ」

「あ、待って、そこ、当たってる、だめ、イくの、すぐイっちゃう……ッ」

「あまり私を、煽るな。手加減できなくなる……クッ！」

浮き上がる腰を押さえつけ、激しく下から激しく腰を突き上げる。何度も、何度も突き上げているうちに、一際高い嬌声が上がった。

「あ、だめ、ア、あああぁぁんっ」

柔らかな襞が、精を貪るように怒張を締めつける。

強烈な快感に私はアリサの腰を掴んで、ゴリゴリと奥の壁に先端を押し付けながら、勢いよく欲を解放した。

「あああああああっ……！」

「グッ……これは……」

精を搾り取られるような感覚に、欲を放出してもなお、剛直の疼きが止まらない。

力尽きて倒れてきた身体を抱き締め、私は陰部を繋げたままアリサと上下を入れ替えた。

「あ……な、に？」

「……いやなに、『騎乗位』を教授してくれた、その礼をせねばならんと思ってな」

「ま、待って、イッったばかりだから……」

怯えたように見上げるアリサにニヤリと笑い、私は細い足首を掴む。そして大きく股を開かせて、硬さを失わない雄を更に深く挿入した。

「ああああっ」

「……八日も我慢したのだ。今日は私が満足するまで付き合ってもらうぞ」

「や、なんで、これすごい、だめ、あっ」

泣きそうな顔をしたアリサの最奥の壁を確かめ、一旦ゆっくりと腰を引く。そして入り口近く、アリサが好きな場所ををたっぷり掻き回してから、今度は腹側の壁を擦るように奥を穿ってやる。

アリサの感じる場所は、すでに熟知している。柔肉が絡みつくように締めつける場所を狙い、しつこいくらいに抽送を繰り返す。

「あっ、そこ……ぁアッ、ん、……あ、」

一度登りつめたアリサの中は蕩けるように柔らかく、熱い。

激しく突きたい衝動を抑え、わざとゆっくり抜き差しを繰り返していると、絡みつく襞が更に奥へと誘う。

「シルヴェスタ、シルヴェスタ……そこ、奥、だめ、もう、もう」

「ああ……すごい、中がうねって……。アリサ、最高だ」

徐々に腰の動きを速くするにつれ、残滓と蜜の滴るぐちゃぐちゃという卑猥な水音が部屋に響く。

最奥の壁を剛直が抉るたびに、アリサの細い身体が面白いように跳ねた。

「あ、あ、あん、もうだめ、イっちゃう、これイってるの」

猛然と腰を振る私の腕に、アリサの爪が食い込む。乱れた黒い髪がシーツの上に散らばり、私の腰の動きに合わせて胸が揺れる。

激しく熱杭を出し入れする結合部から溢れた白濁が、シーツに染みを作っていく。

「シルヴェスタ、だ、め、あ、ぁ、あ」

絶頂を迎えた中がぐにぐにと蠢き、私の射精を促す。

「あ、あ、あぁぁぁぁぁぁぁあっ」

「くっ、うっ、アリサ……ッ！」

悲鳴のような嬌声と同時に腕に食い込んでいた爪が離れ、白い背がしなり、まるで精を呑み干すように蜜道が激しく痙攣する。

その刺激に耐えきれず、私はアリサの身体を強く抱きながら、最奥へと熱い滾りを放った。

「グッ……クッ……！」

二回目だというのに大量の欲が吐き出されるのに合わせ、まるで飲み干すように襞が ビクビクと収縮する。

私は目を瞑り、雄に絡みつく蠕動をじっと味わった。

意識を失うように眠ってしまったアリサの身体を清めたあと、私も隣に横たわった。

無意識なのか、なにかを探すように彷徨う手を捕まえて握ってやる。すると安心した ように小さく息を吐き、こちらに寝返りを打った。

普段は体格差を考慮してかなり優しく抱いているつもりだが、今日は若干箍が外れた 気がしなくもない。

だがそれだけ騎乗位というものは素晴らしい経験だった。さすがは女神の知識と言わ ざるをえない。

しかし妻の体力に配慮できないのは夫として失格だな。今後はアリサにも本格的に乗 馬訓練をさせ、もっと腰を鍛えて……

その時ふと感じた小さな身じろぎに、静かに声をかけた。

「……起きたのか？」

「……ん……私、寝てた……？」

「ああ。ほんの少しな。疲れたか？」

「あー、うん、ちょっと身体が怠い、かな」

「それは……すまなかった」

「ふふ、気にしなくていいよ。でもさ、どうしてあんなに機嫌が悪かったの？」

「それは……」

余所の男とあんな話をするなと言いかけた口を噤んで、代わりに胸を擽る黒髪を撫でる。

「……『女神の知識』は慎重に取り扱わないと危険だ。これからは些細なことでも、まず真っ先に私に相談してほしい」

もっともらしくそんなことを言うと、胸元でふっと笑う気配がした。

「それだけ？」

「む……」

「……もしかしてだけど、マットと『騎乗位』の話をしたのが気にくわなかったとか、ない？」

「……狭量な男だと思うか？」

「ううん、嬉しい」

「嬉しい？」

「うん、だってすごく愛されてる気がする」

「……そうか、ならいい。アリサ、ゆっくり眠れ」

「ん……ありがとう。シルヴェスタも、もう寝て……ね」

「ああ。アリサ、おやすみ」

もぞもぞと私の胸に顔をすり寄せるアリサの頭に、そっと唇を落とす。

その髪からは、仄(ほの)かに私と同じ薄荷(はっか)が香った気がした。

書き下ろし番外編

女神様が見せた夢

湖を抜ける爽やかな風が頬を擽る。頭上で揺れる枝が織りなす木漏れ日は、どこまでも柔らかい。

若草の上に敷いた真っ白な布の上には、お城のシェフが丹誠込めて作ってくれたランチが並ぶ。

香ばしい香りが漂うのは炙った肉を挟んだサンドイッチ。大きなチーズと燻製肉の塊に、瑞々しい果物たち。どれもみな今か今かと食べられるのを待っているようだ。

さくらんぼに似た果実を一つ摘まんで口に入れると、たちまち甘酸っぱい果汁が広がった。

「んん！　この果物、すごく美味しい。シルヴェスタも食べる？」

「確かに美味そうだな。せっかくだからもらおうか」

「じゃあ……あ、こら！」

果実を摘まんだ指ごとパクリと食べられて、慌てて手を引っ込める。そんな私を見て、シルヴェスタは悪戯っ子のようにニヤリと口角を持ち上げた。

「なんだ、アリサを食べさせてくれるのではなかったのか？」

「もう、ちがうから！」

初夏の陽気に恵まれた日、私とシルヴェスタは城を抜け出し、郊外にある湖のほとりへピクニックに来ていた。

私がこの世界にやってきてから早一年。

振り返れば激動の一年だった。

最大のイベントは、なんといっても私達の結婚式だろう。国内外へのお披露目と牽制を兼ねた華燭の典は、国を挙げてそれは盛大な規模で行われた。

それを機にシルヴェスタが皇国騎士団長を退き、新たに創設された女神の騎士団の団長に就任。私はといえば、宰相相談役兼女神の使徒なんてご大層な肩書きを得て、ホーエンローエ宰相のもと、コンサルタントのようなゆるーい仕事をさせてもらっている。

そして同時に、プライベートでもシルヴェスタのご両親への挨拶や新居の建築に引っ越しと、目まぐるしい日々が続いた。

今日はそんな多忙を極めた私たちに与えられた、久しぶりの休日だ。シルヴェスタになにをしたいかと聞かれた私は、二人きりでのデートを希望したのだ。

「気持ちいいね」

「ああ、そうだな」

「……ふふ」

「どうした？」

「ううん、二人きりだなんて久しぶりだなと思って。こっそり抜け出してきちゃったから、護衛の人たちには悪いことしたわね」

「気にする必要はない。護衛対象に撒かれるほうが悪いのだ」

かたや女神の御遣いの私。かたや騎士団長のシルヴェスタ。厳密な意味で私達が二人きりになれる時間は、ほとんど存在しない。

特に私はどこへ行くにも護衛がついてきて、誰の目も気にせずいられるのは就寝時くらいではないだろうか。

そして四六時中誰かが側に控えているというこの環境は、地味に疲れるのだ。

ぶっちゃけると、かなりストレスが溜まるんだよね……。

思わず零れた溜息を誤魔化すように隣に座るシルヴェスタに寄りかかると、私の髪を梳いていた大きな手が背中に回り、優しく身体を抱き寄せた。

「……アリサは今の暮らしが窮屈か？」

「え？」

「最近、溜息を吐くことが多い。なにか無理してるのではないかと思ってな」

「ううん。無理はしてないよ。ただ……」

生まれた時から由緒正しい貴族であるシルヴェスタとは違い、私は由緒正しい庶民だ。一挙手一投足に反応しようと待ち構えるメイドや護衛の視線は、ともすれば監視されているように感じてしまうのだ。

でも……自分の肩書きを考えれば、仕方ないことだと納得もしている。

「ただ、なんだ？」

口ごもる私の頬を大きな手が覆い、上を向かせる。私を見つめる優しい目に促されるように、私は重い口を開いた。

「……結婚して一緒に暮らしてるのに、こうして二人っきりになれる時間が少ないなと思って。いつもメイドさんや護衛の騎士がいるでしょう？　息が詰まるっていうか……」

「そうだな。その点に関しては、私も大いに不満を感じている」

「え？」

「私はアリサの騎士団長だ。私以上に強い護衛などいないだろう。それに、こんなことも気軽にはできないしな」

「んっ」

突然ぐいと腰が抱き込まれた。鼻先が触れたと思ったら、制止する間もなく唇が重なる。待ってと言おうと開いた口に、するりとシルヴェスタの舌が侵入した。

「……ん、ふ……」

優しく労るように口の中を舐めとられ、やわやわと舌が食まれる。

ねっとりと舌の付け根を吸われて堪らず声が漏れると——紅い瞳に獰猛な色が灯ったのがわかった。

「アリサ」

「ま、待って、シルヴェスタ。駄目、こんな所で」

「なにが駄目なんだ？　ここはもうしっかり硬くなっているぞ」

「あっ……ん」

不埒な指がドレスの上から胸の形をなぞり、的確に弱い先端を暴き出す。カリカリと布の上から胸の飾りを引っ掻かれ、それだけで全身が粟立った。

「や、待って、シルヴェスタ。ここじゃ駄目。誰か来たら」

「大丈夫だ。ここには我々以外、誰もいない。なにも心配しなくていい」

「でも、でも、恥ずかしい」

「私がこうしてれば見えないだろう？」

背中から覆いかぶさるように抱き締められて、シルヴェスタの低い声が耳朶をうつ。

胸を這い回る手は絶え間なく双丘を揉みしだき、敏感な突起を弄ぶ。時折強く先端を摘まれて、そのたびにビクビクと身体が跳ねた。

どうしよう。こんな、外なのに……気持ちがよすぎて抵抗できなくなってしまう。

「んっ、あ……シル、ヴェスタ」

「ああほら、もうこんなに濡れている」

「あああっ」

いつの間にかスカートの中に侵入した手が、下着をずらして秘所に触れる。すでに濡れそぼった割れ目をなぞる指の動きが、どうしようもなく恥ずかしい。

襞を開き、隠れた芽を見つけた指は、執拗に敏感な花芽を弄び始めた。

「あっ、駄目、そこ、感じすぎて……っ」

「ふむ、そうか。ではこうするか」

シルヴェスタは突然、私の腰を掴んで持ち上げた。

「キャッ、な、なに？」

一体いつの間に準備していたんだろう。シルヴェスタのズボンの前はすでに開かれ、服の合間からすっかり臨戦態勢になった屹立が顔を覗かせている。

生々しくそそり立つ雄に恐怖を覚えた私は、身体を捩って抵抗する。

「待ってシルヴェスタ、それは駄目、あ、ああああっ」

蜜口に宛がわれた先端が、ズプリと入り口をこじ開けた。

そのまま自分の重さでずぶずぶと奥まで入ってしまった剛直に貫かれて、堪らず私はシルヴェスタの胸に縋りつく。

「……こうしてアリサのスカートで隠していれば、こんな所でいかがわしい行為をしているとは誰も思うまい」

「そ……んな」

「大丈夫だ。ほら、身体の力を抜くんだ」

下から緩く揺すられただけで、すさまじい快感が込み上げる。それだけでイきそうになって身体に力を入れると、蜜道も勝手にきゅうと窄まる。硬くて太い熱の塊が自分の中にみっちり詰まっているのを、否が応でも思い知らされてしまう。

「あっ、あ、あ……っ」

そんな私の反応を確かめるように、シルヴェスタは角度を変えて何度も蜜道を突き上げた。

「ああ、すごいな。火傷しそうに熱い。中がうねって……搾り取られそうだ」

「っは、あ、すごい、激しい、の」

確実に最奥を穿つ腰の動きに、視界がチカチカ瞬く。絶頂の予感にシルヴェスタの胸にしがみ付くと胸の先を摘まれ、その途端に一気に快感が弾けた。

「っあ、あ、あああああーーっ」

「……サ」

「ん……」

名前を呼ばれた気がして目が覚めた。いつの間に眠っていたのか、眩しい初夏の日差しに私は開いた目を咄嗟に眇めた。

「アリサ、起きたのか？」

「うん……ごめんなさい、ちょっとうとうとしてたみたいで……え？」

なぜか離れた場所から聞こえる声を不思議に思い身体を起こすと、そこには見慣れぬ子供を肩車したシルヴェスタが立っていた。

年の頃は三歳くらいだろうか。サラサラなルビー色の髪を肩で切り揃えた、とても可愛らしい女の子が、シルヴェスタの肩の上でニコニコ笑っている。

その時、どこからか駆けてきた男の子が、勢いよくシルヴェスタの足に抱きついた。シルヴェスタが肩車している女の子のお兄ちゃんなのかもしれない。同じルビー色の髪を持つ男の子は、女の子と顔立ちがとてもよく似ている。

「父上！　あそこに大きな魚がいるのです！」

「そうか。それはよかったな」

男の子がキラキラした瞳で湖を指さすのを、シルヴェスタは微笑ましげに見つめている。

「おとうさま、私もおさかな見たいです！」

「今ならまだあそこにいると思います。一緒に見に行きましょう。あ、母上も是非ご一緒に！」

嬉しそうに私を見つめる男の子の瞳は漆黒だ。人懐っこい笑顔が、どこか日本にいる弟を思わせるような——

「……い、アリサ、アリサ、どうした」

優しく肩を揺すられて意識が浮上した。

ゆっくり瞼を開くと、心配そうに私を覗き込むシルヴェスタと目が合った。

「……シルヴェスタ、私……？」

大きな手が背中に回り、優しく身体を起こされる。もう片方の手でそっと頬を拭われて、私は自分が泣いていることに気が付いた。

「怖い夢でも見ていたのか？　魘されていたぞ」

「ううん、ちがう。すごくいい夢だったわ」

「いい夢？　だが……」

もの問いたげに紅い瞳が瞬くけれど、私はゆっくり首を振る。

もしかしたら、あの夢は私たちの未来に起こり得る出来事なのかもしれない。

シルヴェスタと同じ色の髪と、私と同じ色の瞳を持つ子供達。

だとしたら、次に来る時はきっと……

「上手く説明できないけど、すごく、すごく幸せな夢だったの。……ねえ、シルヴェスタ。私、またこの湖に来たいな。いつかまた連れてきてくれるでしょう？」

「ああ。もちろんだ」

「ふふ、楽しみにしてるね」

笑いながら逞しい雄っぱいに顔を埋めた私の頭を、大きな手が撫でる。

私は幸せな予感に、ふたたび目を閉じた。

NBノーチェ文庫

唯一無二の超♥執愛

女嫌い公爵は ただ一人の令嬢にのみ 恋をする

南 玲子（みなみ れいこ）　イラスト：緋いろ

定価：704円（10% 税込）

勝気な性格のせいで、嫁きおくれてしまった子爵令嬢ジュリアに、国一番の美丈夫アシュバートン公爵の結婚相手を探すための夜会の招待状が届いた。女たらしの彼に興味はないが、自身の結婚相手は探したい。そう考えて夜会に参加したけれど、トラブルに巻き込まれ、さらには公爵に迫られて――!?

詳しくは公式サイトにてご確認ください

https://www.noche-books.com/

携帯サイトはこちらから！

本書は、2019年6月当社より単行本として刊行されたものに書き下ろしを加えて文庫化したものです。


この作品に対する皆様のご意見・ご感想をお待ちしております。

おハガキ・お手紙は以下の宛先にお送りください。

【宛先】

〒150-6008 東京都渋谷区恵比寿4-20-3 恵比寿ｶﾞｰﾃﾞﾝﾌﾟﾚｲｽﾀﾜｰ 8F
(株) アルファポリス　書籍感想係

メールフォームでのご意見・ご感想は右のＱＲコードから、
あるいは以下のワードで検索をかけてください。

ご感想はこちらから

ノーチェ文庫

私のベッドは騎士団長　～疲れたOLに筋肉の癒しを～

このはなさくや

2021年6月30日初版発行

文庫編集－斧木悠子・篠木歩・塙綾子
編集長－倉持真理
発行者－梶本雄介
発行所－株式会社アルファポリス
〒150-6008 東京都渋谷区恵比寿4-20-3 恵比寿ｶﾞｰﾃﾞﾝﾌﾟﾚｲｽﾀﾜｰ8F
TEL 03-6277-1601（営業）　03-6277-1602（編集）
URL https://www.alphapolis.co.jp/
発売元－株式会社星雲社（共同出版社・流通責任出版社）
〒112-0005 東京都文京区水道1-3-30
TEL 03-3868-3275
装丁・本文イラスト－緒笠原くえん
装丁デザイン－ansyyqdesign
印刷－中央精版印刷株式会社

価格はカバーに表示されてあります。

落丁乱丁の場合はアルファポリスまでご連絡ください。

送料は小社負担でお取り替えします。


ISBN978-4-434-29024-4 C0193